COLLECTION
FOLIO/ACTUEL

Anne Tristan

Au Front

Gallimard

L'histoire véridique d'Anne G., chômeuse à Marseille

Marseille, 12 janvier 1987, 17 h 30. Je pensais à cet instant depuis six mois, je l'avais préparé minutieusement durant six semaines; la veille encore, je répétais tous mes gestes, toutes mes paroles, imaginant les scénarios les plus fous, prévoyant les pires catastrophes.

J'avais tort de m'inquiéter.

Rue de Rome, cette entrée discrète, à peine visible, coincée entre deux devantures de magasins, est celle de la section centrale du Front national. Pour la vingtième fois, je passe devant, sans entrer. Je me rassure en me disant que la rue est passante : personne n'a dû remarquer mon manège. Enfin, le déclic se produit, ma main se décide à tourner la poignée. Je me retrouve face à un escalier aux marches hautes et astiquées. Le local est au deuxième. Sur le palier, des bruits de voix s'échappent d'une porte entrebâillée. Il faut résister à cette envie de fuir, de revenir demain... Je frappe. Pourvu qu'il y ait des femmes. Je m'accroche à cette idée : je serai moins effrayée si je trouvais là des gens de mon sexe. Mais c'est une voix mâle qui, joyeusement, me répond.

« Entrez! » Les jambes cotonneuses, je m'avance vers

trois hommes assis au milieu d'une grande pièce à peine meublée. Sans interrompre leur conversation, ils me suivent du regard. Deux frôlent la cinquantaine, un trapu nerveux et un brun à lunettes. Un jeune homme pâle les écoute sans broncher. Je reste plantée à côté du bureau, sans rien dire ni faire. L'un d'eux interrompt enfin son propos :

– Asseyez-vous, mademoiselle, n'ayez pas peur.

– C'est que je suis intimidée.

– Faut pas, allez, qu'est-ce qu'il vous faudrait ?

Alors, d'une traite, comme on se débarrasse d'un poids trop lourd, je leur demande comment procéder pour adhérer. Aussitôt, les trois visages s'illuminent d'un sourire radieux et le brun à lunettes s'exclame :

– Ah, mais mademoiselle, c'est très facile. Claude va vous donner une demande d'adhésion à remplir.

Le jeune homme se lève en silence, ouvre un tiroir, en sort un formulaire, et entreprend de m'expliquer comment m'y prendre. Ses deux compagnons ont repris leur échange, à voix basse, pour ne pas déranger.

– Alors, vous mettez votre nom, votre adresse, votre âge comme c'est indiqué, et puis, après, vous mentionnez si vous réglez en chèque ou en espèces. Vous avez trois formules d'adhésion possibles : une de soutien à 1 200 francs pour l'année, une à 500 francs ou la simple à 200 francs.

Je n'en reviens pas : c'est donc si facile d'adhérer au Front national ! Six mois durant, j'ai songé à cet instant comme s'il s'agissait d'un débarquement sur la lune. Et il me suffit de remplir un tout petit papier, de choisir mon prix ! Car j'arrive bien d'une autre planète, celle des adversaires du Front, de ses détracteurs qui décèlent dans son sillage des relents xénophobes, racistes, antisémites.

En 1983, quand Le Pen ne hantait pas encore les écrans de télévision, je croyais que son parti ne serait jamais qu'un repaire de marginaux, de petites frappes, de tortionnaires nostalgiques de l'Algérie et, à la rigueur, de vieilles filles aigries. Depuis, des foules se sont mises à applaudir aux idées du Front et 8 %, puis 9 %, puis 11 % d'électeurs ont voté pour lui. Désormais, il a des députés à Strasbourg et à Paris, des conseillers municipaux et régionaux un peu partout, une place reconnue dans le débat politique, au point que le score de son chef à l'élection présidentielle de 1988 hypothèque les résultats de la droite tout entière.

Mes stéréotypes ont explosé : les lepénistes sont devenus ces gens que je croisais dans la rue. Je les ai d'abord regardés tantôt comme des monstres, tantôt comme des caricatures de « beaufs ». C'était selon mon humeur, qui oscillait entre l'inquiétude et la dérision. Puis j'ai voulu en avoir le cœur net. Il me fallait savoir de quelle pâte étaient faits ces concitoyens, ces contemporains qui se rallient à une idéologie que je rejette en bloc.

J'ai donc tout quitté, ma ville, mes habitudes, mes amis, pour vivre au milieu d'eux, dans les mêmes conditions qu'eux, en me faisant passer pour une des leurs. J'ai changé ma vie pour vivre la leur. J'ai voulu les écouter, connaître leur monde, percer ce mystère, leur mystère : comment, en France, en 1987, des hommes peuvent-ils haïr d'autres hommes simplement pour la couleur de leur peau, leur origine, leur race ou leur culture ?

Cette expérience aurait pu être conduite en banlieue parisienne, dans l'un de ces anciens faubourgs rouges tombés aux mains de Le Pen. Mais un saut dans une rame de métro aurait suffi pour que je retrouve mon petit monde. Je n'aurais pas vraiment joué le jeu, je serais restée dans mon cocon protecteur, entourée de mes livres et de mes certitudes. Non, je devais me déraciner, couper les amarres, partir le plus loin possible.

Ce devait être Marseille. Marseille, seconde ville de France et porte de la Méditerranée, où le Front a récolté 25 % des suffrages aux législatives de mars 1986, Marseille où ce score, la mort de Gaston Defferre et la crise des autres partis, de gauche comme de droite, lui donnent bon espoir de conquérir la mairie en 1989.

Le projet a pris forme lors d'un séjour de quinze jours, en novembre 1986. Je n'y connais qu'une amie. Nous sommes convenues de nous voir rarement, juste ce qu'il fallait pour m'épargner une schizophrénie aiguë. J'avais le choix entre deux quartiers. Le Vieux-Port : ces quelques pâtés de maisons vieillottes et sympathiques jouxtent le ghetto arabe de Belsunce, le Front y a dépassé en 1986 les 27 %. Ou les quartiers nord : ce deuxième fief lepéniste se loge à la périphérie de Marseille, et regroupe les 13e, 14e et 15e arrondissements. Un petit tour dans ce royaume de HLM, où coexistent Français et immigrés, me décida. C'est là que je devais habiter, dans ce décor triste et gris, cliché pour obsessions sécuritaires et délires xénophobes, terreau privilégié aujourd'hui de l'extrême droite.

Mon futur lieu d'habitation repéré, restait à déterminer la marche à suivre pour adhérer au Front national. En novembre 1986, les murs de la ville conservaient la trace de la marée bleu blanc rouge qui avait déferlé sur la ville au printemps précédent. Sur toutes les affiches, se trouvaient l'adresse et les heures d'ouverture de la permanence centrale, le 181, rue de Rome. Ce bureau serait mon premier point de chute et, là, je demanderais les coordonnées des sections des quartiers nord.

Dernier détail à régler : quel visage et quel passé composer ? Il me fallait une situation sociale adaptée à mon lieu d'habitation. J'inventai donc Anne G., dactylo au chômage, fraîchement débarquée à Marseille après une peine de cœur. Avec le nombre de chômeurs sur la ville, une militante sans emploi ne devrait pas trop les surprendre. En outre, cela me permettrait de m'adresser aux élus du Front pour chercher un travail et tester, du même coup, l'ampleur de leur éventuel réseau de clientèle.

Enfin, la cervelle encombrée de préjugés, je troquai mes jeans contre des tailleurs stricts qui me donnèrent une silhouette raide et coincée. A l'époque, pour moi, une lepéniste de vingt-sept ans était en marge de sa génération et présentait obligatoirement quelques raideurs de jugement et, donc, de tenue. Et puis cette apparence pincée d'institutrice revêche m'aiderait à éviter les assauts de séduction des militants qui, dans mon esprit, ne pouvaient être autrement que phallocrates et dragueurs. Il ne manquait plus qu'une paire de lunettes derrière laquelle je pensais leur cacher ma vérité. Geste dérisoire, qui me rassurait à bon compte, au seuil de l'aventure.

Pourtant, si j'ai pris l'allure d'une espionne, je n'en ai pas le cœur. Ce n'est pas la volonté de croiser le fer mais celle de comprendre qui m'a amenée parmi eux. J'ai adopté leur visage pour tout vivre, y compris l'hostilité des autres, de ceux qui pointent un doigt accusateur vers eux. Parce que je me méfie des doubles discours : ce n'est pas ce qu'ils veulent nous donner à voir qui m'intrigue mais ce qu'ils sont entre eux, dans leur quotidien. Je noterai tout, jour après jour, le moindre détail, la remarque la plus anodine, sans tri, en vrac, prenant autant de temps à tenir mon journal de bord qu'à vivre au milieu d'eux.

Je veux savoir, tout savoir, et, pour y arriver, prendre le temps de gagner leur confiance. Cette nouvelle peau me fait honte mais, tant pis, je vais la conserver six mois, la durée qui me semble nécessaire pour bien les connaître. Et j'ai peur : à vivre comme eux, devient-on fatalement comme eux, pense-t-on fatalement comme eux ?

Le 12 janvier, je suis depuis une semaine à Marseille, logée chez un particulier en HLM. Un coup de chance : dans le fichier d'une officine immobilière traînait l'annonce d'une dame qui sous-louait la chambre de son F 3. J'ai sauté sur l'occasion. La cité, bâtie sur les hauteurs des quartiers nord, est battue par les vents, il m'a suffi de la voir pour qu'elle se trouvât définitivement rebaptisée : Sarcelles-sous-Mistral. Huit jours durant c'est là que je me suis morfondue, reportant sans cesse au lendemain l'instant de mon adhésion au Front, énumérant les raisons que j'allais devoir invoquer pour la justifier. J'imaginais que les militants m'interrogeraient, me « cuisineraient » même. Et me sentant incapable de me prétendre raciste, je cherchais un sujet possible de haine. En fouillant bien, je me suis rappelé que mon train de Paris avait été bloqué pendant trois heures par des cheminots grévistes de la SNCF. Je me suis alors postée devant une glace et n'ai plus cessé de répéter, d'un air qui se voulait convaincu : « Les grèves, c'est intolérable ».

Si j'avais su..., d'abord je serais restée en jeans, tous les trois en portent un, et je n'aurais rien rabâché, ils ne me demandent rien. Pas le moins du monde étonnés de voir une nouvelle adhérente, les militants qui m'accueillent continuent de discuter entre eux.

Quand le brun à lunettes se décide à m'adresser à nouveau la parole, c'est pour devancer mes explications :

– Alors, comme ça, vous vous décidez... Ah ça, on vous comprend. Les gens n'en peuvent plus, ils en ont assez, ça les prend là.

D'un geste, il indique les glandes de sa gorge...

– On vous comprend, vous n'êtes pas la seule, allez.

A ses yeux, j'ai simplement « les boules », comme l'on dit. Ras le bol. Il ne précise pas de quoi. Mais, pour lui, ça suffit. Sautant du coq à l'âne, il m'invite à participer à une fête du Front national prévue pour le 25 janvier. Tous les trois se mettent à insister pour que je m'y rende :

– C'est une galette des rois, venez ce sera bien, il va même y avoir l'élection d'une miss FN, me dit le petit trapu, aussitôt interrompu par son ami à lunettes qui explique :

– On fait des réunions comme ça, pour pas discuter toujours politique, pour se retrouver entre nous, entre gens de même sensibilité. Ça fait du bien. Moi, la première fois, c'était il y a un an. J'ai emmené ma femme. On n'était pas vraiment chauds en y allant, vous comprenez on ne connaissait personne, comme vous. Et puis on s'est dit : on va quand même y aller. On a fait des connaissances et ma femme était très contente.

Sa femme, l'élection de miss FN... mes préjugés sur les tortionnaires, les petites frappes et les vieilles filles aigries s'effondrent déjà.

En lisant ma feuille d'adhésion, Claude, le jeune, remarque aussitôt que je suis chômeuse... comme lui :

– De toute façon, au Front, la majorité des gens, c'est des chômeurs.

Il murmure plus qu'il ne parle, semble maladivement timide et une légère scoliose voûte son dos. Il cherche en vain du travail depuis un an et, décidément antithèse du nervi qui hantait mes cauchemars, avoue ne pas s'afficher lepéniste en public. Il me conseille d'ailleurs de l'imiter :

– On ne sait jamais, si ça plaît pas à un patron, tu risquerais de louper une place bêtement.

Le tutoiement, déjà... Entre-temps, un quatrième militant est arrivé. Il titube légèrement et dégage une forte odeur de bière. Il se met à débiter des incohérences où, semble-t-il, il est question des communistes. Les autres font mine de l'écouter un instant, puis renoncent à comprendre ses borborygmes.

Un timide, deux gentils maris et un alcoolique, si le Front national se résume à cela, je préfère circuler, il n'y a rien à voir. Je me lève. C'est le tollé :

– Mais restez donc, vous ne nous dérangez pas, au contraire, à moins que vous ayez quelque chose à faire.

La chaleur de leur invitation me désarçonne. Je me rassieds. A nouveau, ils me prient de participer à leur galette des rois. Puis ils parlent, ne s'arrêtent plus, de vrais moulins à paroles. Je suis là depuis à peine un quart d'heure et, déjà, je pénètre leur intimité politique. Ils semblent ne rien avoir à cacher. D'emblée, ils m'apprennent que les députés du Front national les déçoivent. L'un d'eux, Jean Roussel, anime une Association de défense du centre ville :

– Théoriquement c'est pour qu'il y ait plus de police dans la ville, mais y a que des gens à pognon là-dedans, Roussel il s'occupe pas des petites gens.

– De toute façon, reprend le brun à lunettes, les députés ils sont jamais sur le terrain. Ça, pour pondre de la paperasse, là-haut, à Paris, ils sont forts, mais tout ce qu'ils font à l'Assemblée nationale, les Français ils s'en moquent...

Les journaux, les livres m'avaient prévenue : les sociologues les disent protestataires. Je n'en reviens quand même pas. A première vue, ils sont contre l'ordre établi. Pourtant, c'est bien Le Pen qu'ils préfèrent. Ils me demandent si j'ai déjà eu l'occasion de le voir. Je réponds non. Ils me plaignent : quel dommage, Le Pen est quelqu'un de vraiment bien. Aucune des qualités du grand homme ne m'est épargnée : Le Pen n'a pas une minute à lui, il ne dort que quatre heures par nuit. Ils m'interrogent : est-ce que je me rends compte ?

– Et puis il a des choses à dire, estime Claude.

Les autres approuvent : est-ce que je sais, par exemple, qu'il est capable de faire deux discours différents dans une même semaine ?

– Et tout ça, sans lire ses notes, il a pas besoin d'un bout de papier, lui.

Cette fois, j'en ai assez, je les quitte. Ils m'assaillent encore de leur gentillesse ; le brun à lunettes s'appelle André, il souhaite que je revienne pour qu'il puisse me présenter à tous les militants.

Je coupe court en leur demandant l'adresse du 15e arrondissement, sur le territoire duquel j'habite. Claude farfouille dans ses papiers, s'enquiert d'un air ahuri :

– Où c'est ça ?... Ah, dans les quartiers nord peut-être ?

Le bout du monde, en somme. Il trouve enfin l'adresse d'une section et me communique des heures d'ouverture. Nous nous quittons. Sur le seuil, André ressent le besoin de me répéter que je ne suis pas seule à rejoindre le Front.

– Vous verrez : si vous allez à votre permanence,

là-haut, vous retrouverez des gens de votre quartier que vous ne vous doutez même pas qu'ils y sont. Vous verrez, vous serez étonnée... Les gens ne disent rien, parfois ils ont peur, on ne sait jamais par qui on est entouré... Mais tout le monde va y venir.

Le soir, de retour à Sarcelles-sous-Mistral, une inscription dans l'ascenseur, que je n'avais pas encore vue, me saute au visage. C'est à moitié effacé, mais on peut encore lire « Le Pen vite ». La phrase d'André résonne à mes oreilles : « Vous verrez, vous verrez, les gens ont peur, mais ils y viennent »...

Aussi naturellement sans doute qu'Anne G., la chômeuse des quartiers nord. Je livre ce récit de voyage au Front sans rajouts ni commentaires, tel que je l'ai vécu au jour le jour. Seuls les noms ont été changés, à l'exception de ceux des députés locaux et de quelques figures marseillaises.

I

L'ENNEMI EST GENTIL

Ma journée de chômeuse a été bien morne. Les petites annonces du journal n'offraient aujourd'hui que des postes de représentantes de commerce, pas une seule place de dactylo. Je me suis présentée à plusieurs bureaux de recrutement de VRP où l'on s'est cru obligé de m'expliquer que le démarchage et la vente au porte-à-porte ne sont pas des métiers déshonorants. Puis je me suis décidée à prendre le train de la gare Saint-Charles qui, après cinq minutes de trajet, vient de me déposer au bord de la rue Le Chatelier, où se trouve la permanence de mon quartier.

C'est ce soir que je dois rencontrer les militants du 15ᵉ. Claude m'a dit qu'ils se réunissent entre 17 heures et 19 heures. Il est 18 h 30, je dois me presser. Cinq cents mètres seulement me séparent maintenant du local, une aventure malgré tout. La rue, tunnel à ciel ouvert, file entre deux murs de pierres. La chaussée n'a laissé au trottoir qu'un espace ridicule. Tout est désert. Il ne viendrait à l'idée d'aucun Marseillais de marcher dans les quartiers nord. On s'y déplace en voiture ou, à la rigueur, en bus. Il n'y a rien à voir. Les anciens villages se nichent désormais au pied de mastodontes HLM. Parfois, la marée de béton se brise sur quelque piteux terrain vague en bordure d'autoroute. Les entrepôts industriels ont dévoré ce qui restait de verdure, et les voies rapides sont si larges que, même aux heures de pointe, le flot des véhicules ne parvient pas à les submerger. Marseille nord est désert. Marseille nord vivote le jour et meurt à la tombée de la nuit.

A deux cents mètres de la gare, la rue passe sous le pont du chemin de fer et s'enfile en serpentant dans le village de Saint-Louis, laissant les automobilistes pressés filer tout droit. Le local doit être là, au 10, dans une vieille maison à un seul étage. L'entrée est discrète. Comme rue de Rome, personne n'a songé à apposer une plaque Front national. J'hésite à entrer. Me suis-je trompée ? Ont-ils un goût prononcé pour la clandestinité ? A l'époque, je prête facilement aux autres cette crainte d'être démasquée qui me tenaille. Sur l'une des deux sonnettes cachées dans l'encoignure, j'aperçois le nom du chef de section, ou du moins celui que le timide Claude m'a donné comme tel : Caron. Je sonne et m'engouffre dans un corridor sombre et sale. Au premier, une porte s'entrouvre. Rai de lumière, bruits de voix. Je gravis les marches. J'y suis.

Devant moi, une salle étroite, crasseuse, encombrée et dix regards. Je bafouille : « Je cherche monsieur Caron », mais j'ai plutôt envie de rebrousser chemin, une fois encore pas une seule femme ne se mêle à l'assemblée, et les visages entrevus à travers l'écran de fumée ont au moins vingt ans de plus que le mien.

– Vous cherchez Caron en particulier ou...

– C'est la permanence de la rue de Rome qui m'a donné votre adresse.

– Caron n'est pas là mais si vous ne le cherchez pas en particulier...

L'homme qui me parle semble ne jamais pouvoir finir ses phrases. Ses sourcils continuellement levés en accent circonflexe lui donnent un air un peu idiot. A mon arrivée, le brouhaha était inextricable, maintenant tout le monde se tait, dubitatif. Je murmure que je viens d'adhérer au Front. Mon interlocuteur, qui répond au nom de Roland, est de plus en plus perplexe. A croire que je suis une Martienne et que jamais aucune fille n'est venue proposer de militer dans cette section du quinzième :

– Ben, écoutez, si vous voulez, vous nous donnez votre adresse, on va vous écrire!

L'envie me prend d'obtempérer et de filer doux, comme une demandeuse d'emploi éconduite. Autour de nous, le silence s'alourdit. Ma question fait l'effet du premier nuage qui crève dans un ciel orageux, tout le monde se précipite pour y répondre :

– Et y a des femmes aussi qui viennent militer ici?

J'adopte déjà cette langue chaotique, ce français uniquement parlé que je vais pratiquer des mois durant. Les gens qui m'entourent ont manifestement désappris le langage étudié à l'école. Ou plutôt, c'est que cette langue parlée, je la redécouvre après l'avoir, moi-même, désapprise à l'école.

– Voui, tonne un rocailleux accent italien derrière moi, des femmes il y en a; seulement, elles viennent plus facilement le lundi.

Roland demande à un homme aux cernes gigantesques, le dos voûté par une misère secrète, de me montrer les photos « de quand le député Arrighi il est venu faire la visite du quartier ». Sur les clichés, trois ou quatre admirables minettes sont massées au pied du local en compagnie de quelques-uns des militants présents. Est-il possible que cette jeunesse si anodine, si banale d'apparence, soit lepéniste?

Au bout de dix minutes, l'atmosphère me semble toujours aussi peu respirable. Je fais mine de partir. Un concert de « non » explose au signal d'un vieux bonhomme rondouillard. Casquette vissée sur le haut du crâne, celui-ci s'exclame :

– Faut pas vous laisser impressionner comme ça.

Un autre enchaîne et rappelle que les premiers pas sont, dans n'importe quel domaine, toujours difficiles. « Vous habitez où ? » me demande un troisième. « Ah dans cette cité, ben té, Alessandro, tu es son voisin ! » L'homme au fort accent italien, approuve : il a même vécu dans mon HLM avant de rejoindre le groupe d'à côté, un bloc de béton à taille plus humaine.

Roland s'y met aussi, me demande si je suis libre le 14 février parce que le Front national de la jeunesse de l'arrondissement organise une fête à cette date. « Vous pouvez y aller, de toute façon, c'est que pour les jeunes cette fête. Et puis, ils vous ont dit en bas (Roland parle de la rue de Rome) pour le dimanche 25 janvier, la galette des rois qu'ils organisent ?... »

Tous, maintenant, semblent décidés à me retenir. Ils m'entourent, me couvent du regard, me rassurent, cherchent ce qu'ils peuvent bien me proposer et, pour me réconforter définitivement, entreprennent eux aussi de m'expliquer que la grande famille du Front s'agrandit et que je fais bien de la rejoindre. Alessandro veut m'en fournir la preuve. Il m'invite à consulter un grand cahier sur lequel, à chaque séance, il consigne soigneusement les présents et les absents :

– Au début, tenez, regardez ! On était trois mouches. Maintenant, on compte plus le monde, dit-il en refermant déjà le cahier. Et encore ce soir vous tombez que c'est un soir où il y a le moins de gens. Il y a vingt personnes parfois ici.

Le local est si vieux et si petit que je me demande

comment vingt personnes pourraient y tenir. En tout cas, la glace est rompue et, petit à petit, chacun a repris la conversation que mon arrivée avait interrompue. Sans se soucier les uns des autres, ils se hurlent dans les oreilles, répètent vingt fois la même chose. On dirait une cour de récréation, ou mieux une réunion de vieux copains dans un bistrot de quartier. Tous en effet semblent se connaître de longue date, personne n'a songé à se présenter.

– Et qu'est-ce que vous faites? me demande subitement le dénommé Roland.

– Chômeuse, enfin je sais taper à la machine, dactylo quoi.

– Vous allez pouvoir nous taper des trucs alors. Et pour le boulot, on vous en trouvera, on se met toujours en quatre pour ça, vous en faites pas. Là c'est difficile parce que, bon, il suffit que ce soit un élu du Front qui demande quelque chose à la mairie et on n'a rien. Mais quand on aura des conseillers municipaux, vous verrez...

Déjà! Nous nous connaissons depuis à peine une demi-heure, ils ignorent tout de moi, je ne leur ai rien demandé! Drôles d'ennemis tout de même. Roland se lève et va fouiller dans une armoire au fond de la pièce. Il en sort une boîte de biscuits. L'ambiance est maintenant si chaleureuse qu'il ne me surprendrait pas en m'offrant des gâteaux secs. Mais non, il fourrage dans la boîte et en sort un tampon, demande un bristol à un collègue, se trompe de tampon, jure, demande qu'on lui repasse un carton et finit par réussir à imprimer son nom, l'adresse et les heures d'ouverture de la permanence où nous nous trouvons. Triomphant, il me tend le résultat. Les renseignements qu'on m'avait fournis à la rue de Rome sont inexacts. Le local du 15e est ouvert deux fois par semaine et non trois comme on me l'avait dit. En outre, les militants du centre ville ne suivent guère l'actualité du Front : c'est Roland qui est le chef de section et non Caron, récemment promu dirigeant des trois arrondissements de Marseille nord. Le voici justement qui surgit, suivi de son fils, au moment même où je glisse le bristol dans mon sac. Surpris Roland bégaie :

– Ah ben tiens, voilà une recrue pour toi.

Un grand jeune homme pâle, barbu et de premier abord timide me sert la main mollement. Il dirige, me dit-on, le Front national de la jeunesse dans le 15e arrondissement. Je n'en reviens pas : il a les manières et le regard si doux... De son côté, son père tonne et terrasse la cacophonie ambiante. Un homme d'ordre ce type-là. Il s'adresse à tout le monde tel un militaire inspectant le bataillon. Précis, autoritaire, son langage haché heurte les oreilles. Il entend régler les affaires d'intendance, de loyer, de quittance d'électricité, s'inquiète au passage des absents. Il saoule le monde et n'accorde pas un regard à la petite nouvelle. Il est du genre à maugréer : « Moi, je travaille ». Roland semble mal supporter les décibels de son supérieur. Il se retourne vers moi et me demande :

– Au fait, vous avez pris votre carte à la rue de Rome alors ?

– Oui, pourquoi c'est gênant ?

Il me rétorque par la négative mais son air ennuyé et ses sourcils en accent circonflexe prouvent à l'évidence que l'affaire est plus grave qu'il ne l'avoue. D'ailleurs, il ne tarde pas à m'expliquer que les sections sont financièrement autonomes. Chacune doit se débrouiller pour remplir sa caisse :

– Et quand il y a une adhésion, sur les 200 francs que l'adhérent donne, y a 20 francs pour la section.

Du coup, même que vous habitez le 15ᵉ, c'est eux là-bas à la rue de Rome qui se les ont empochés les 20 francs... Vous comprenez ?

Je comprends surtout qu'il nourrit une sourde rancœur à l'encontre de ses camarades du centre ville. Une rancœur qu'il me paraît impossible d'expliquer par le seul décompte des vingt francs.

Bizarre. Je les quitte en me disant que j'ai le temps d'en savoir plus. Roland me prie de revenir aussi souvent que je le souhaite. Deux autres militants, Alessandro et l'homme au dos voûté qui, je l'apprendrai bien plus tard, s'appelle Perthier, me saluent d'un gentil « on se verra à la fête alors ». Ils y descendront sans enthousiasme, « comme ça, juste pour voir », mais se font quand même rabrouer par Roland qui ne risque pas, lui, de participer à cette galette des rois :

– Eux, ils viennent pas à nos fêtes, et vous savez pourquoi ? Parce que tout ce qui habite au nord de la Canebière, pour eux, ça mange avec les doigts...

Décidément, c'est plus que de l'amertume, c'est du ressentiment, de la rage même qu'il cultive à l'égard des militants du centre ville. Qui sont-ils ces mystérieux « ils » ? Que leur reproche-t-on ? D'être suffisamment nantis pour échapper à la grisaille des hauteurs de Marseille ? Ceux que j'ai rencontrés rue de Rome n'avaient pourtant pas l'air de rouler sur l'or. J'ai hâte de voir les autres.

Le dimanche 25 janvier, j'aperçois d'abord Alessandro et Perthier, immobiles au milieu de la salle qui bruit bourgeoisement de salutations et congratulations chuchotées. Engoncés dans leur gêne et leurs habits du dimanche, debout, ils encombrent le passage, attendant peut-être qu'un visage connu passe devant leur regard. Des femmes en vison les frôlent, des notables distingués les bousculent et s'excusent. Les représentants des quartiers nord n'ont pas l'habitude des quartiers chics.

Vu du 15e, le Château des fleurs, un complexe de salles de réception sur l'élégant boulevard Michelet, représente le bout du monde. Il m'a fallu une demi-heure de bus et cinq minutes de métro pour descendre de mon HLM. Ce n'est pas la porte à côté. Et comme me dira Céline, une jeune femme rencontrée sur place : « Eh bé, c'est que tu avais envie de venir, alors ! »

Elle ne conçoit guère qu'une femme normale prenne le bus dans les quartiers nord. C'est trop dangereux, on peut y faire de mauvaises rencontres. En semaine passe encore, et puis on est bien obligé d'aller travailler, mais le dimanche... De fait, le bus était bien vide en ce début d'après-midi. Quelques retraités que la solitude d'un appartement de veuf jetait au hasard des rues et quelques beurs que le spleen des halls de HLM poussait vers la Canebière, histoire de traîner un peu.

La fête était annoncée pour 16 heures. A 16 h 30 beaucoup de monde se presse aux portes du Château des fleurs. J'aurais dû réserver une place, acheter à l'avance un carton d'invitation dans l'une des permanences. Mais ni la rue de Rome ni la section du 15e n'en avaient quand je suis passée. Résultat : les hôtesses à l'accueil qui encaissent la participation de 50 francs se déclarent désolées, je ne serai pas assise. Leurs fêtes seraient-elles si prisées ? A l'entrée de la salle, une autre jeune femme gantée de dentelles noires s'excuse elle aussi, puis se ravisant me laisse espérer une chaise pour 20 heures, après la collation, quand les invités commenceront à partir.

Une cinquantaine de tables de dix ont été dressées. Nappes vieux rose, couverts délicats, la fête se veut huppée. Au fond, derrière un foisonnement de plantes vertes, une estrade attend l'orchestre. Décor typique pour réception bourgeoise. Seule différence : une vingtaine d'affiches délicatement punaisées sur les murs en moquette rappellent, sous les portraits des quatre députés du département, le slogan du moment : « Front national, eux feront ce qu'ils disent ».

Je suis en train d'essayer de me souvenir de ce qu' « ils » disent et de ce qu' « ils » feront, bêtement plantée entre Alessandro et Perthier, quand Claude, le jeune homme timide de la rue de Rome, vient tranquillement me saluer :

– Tu viens, je vais te présenter à des amis.

Ses amis ne lui ressemblent pas du tout. Lui, son allure traînante le voue aux rôles d'anti-héros. Eux, fièrement campés sur leurs deux jambes, les mains croisées derrière le dos, le regard rivé sur la salle qui se remplit peu à peu, se donnent des airs de conquérants. Félix, du haut de ses vingt et un ans, arbore une épaisse moustache noire. C'est un travailleur de force, un « prolo » qui n'a pas peur de venir en jean et baskets dans une réunion de « parvenus ». Pascal est un preux, un chevalier, son pull d'une blancheur de lis rehausse le brun de son casque de cheveux. Du croisé il a tout, le front haut, la coupe en bol, et l'œil déterminé. C'est lui qui s'intéresse le plus à moi :

– Qu'est-ce qui vous a fait venir, vous ?

Je réponds succinctement « les grèves ». Les récents débrayages des cheminots de la SNCF et les quelques arrêts de travail à l'EDF sont encore dans les mémoires. J'adopte enfin l'attitude de l'usager mécontent que quinze jours plus tôt je m'échinais à mimer devant un miroir. Peine perdue : mon manque de conviction est contagieux ou les grèves ne sont pas son sujet de prédilection, en tout cas, c'est mollement que Pascal me rétorque :

– Oui, c'est sûr qu'ils sont en train de foutre l'économie par terre.

Son amie, Céline, m'observe d'un œil de rivale potentielle. Elle est pourtant ravissante et sexy, moulée dans une longue robe noire qui emprisonne ses hanches. Petite, elle s'est hissée sur des talons de dix centimètres, ce qui, avoue-t-elle, lui fait mal aux reins. Ses yeux maquillés à l'égyptienne et ses lèvres fuchsia consentent enfin à sourire. Il faut souffrir pour être belle. Elle « fait le régime », et ne grignotera même pas un petit morceau de galette.

La fête tarde à commencer, les échanges avec mes nouveaux amis restent dans les limites de la convenance, propos susurrés du bout des lèvres, critiques tartuffiennes des gens qui passent sous notre nez. Une dame dont les rides se perdent dans un océan de Khôl, emballée dans une fourrure synthétique rose bonbon, effleure Pascal qui, choqué, laisse tomber :

– Moi, même ma femme je lui laisserais pas porter ça.

L'excentricité le dégoûte : pour être heureux, soyons conformes. L'assemblée offre pourtant un spectacle varié, et les convives ont des goûts divers. De mon côté, j'observe surtout les femmes. Enfin, je les vois ces lepénistes de mon sexe, et elles sont nombreuses. L'élégance Dior cohabite avec l'élégance Monoprix mais le plus fascinant, c'est la foule des jeunes. Jeunes filles de tous styles, lycéennes séduites jusqu'au mimétisme par Jeanne Mas, punkettes proprettes et sombres à la fois. Filles de famille en col roulé et mocassins de velours, minettes marseillaises, rouge à lèvres violent et cheveux frisottés, gamines sportives aux jeans soigneusement repassés.

Elles ont entre seize et vingt ans. Les garçons du même âge affichent un penchant plus homogène pour le blouson de cuir à épaulettes et le jean serré. Ces visages identiques à ceux qui marquèrent les grandes manifestations étudiantes de l'hiver 1986 me heurtent. Pourquoi ces jeunes viennent-ils à cette fête ? Par obéissance aux parents ? Par conviction ? Je m'apprêtais à passer six mois avec de vieux aigris, et je retrouve ma génération. Ma gorge se noue presque de les voir ici : quel avenir espèrent-ils donc ?

La salle est maintenant pleine. Environ cinq cents personnes ont pris place, assises ou accoudées au comptoir. Les élus s'apprêtent à parler. Pascal Arrighi, député des Bouches-du-Rhône, ouvre un maigre feu. Ses vœux de santé pour tous et de succès pour ceux qui ont des enfants enregistrent un applaudissement mesuré. Un ange passe au-dessus des tablées. Arrighi se ressaisit, évoque la prochaine présidentielle, l'assistance se manifeste un peu plus. Le suivant, Ronald Perdomo, qui, en sus de sa charge de député, est alors secrétaire départemental du Front, cherche et trouve le succès.

– Mes amis, mes amis. Nous sommes trop nombreux, vous pouvez le dire : je viens de croiser douze personnes qui repartaient faute d'avoir une place assise. Et souvenez-vous cependant, il y a trois ans, nous occupions seulement le fond de cette salle.

– C'est vrai, commente Pascal, il y a trois ans, on en occupait le tiers.

Autour de moi, les têtes acquiescent. Les sourires répondent aux regards complices : c'est bon de se sentir dans un mouvement qui va de l'avant. Il y a trois ans, en janvier 1984, le Front national n'avait pas encore fait irruption sur la scène marseillaise, mais il allait y recueillir 52 000 voix lors des Européennes en juin de la même année. Depuis, il y a enregistré 85 000 suffrages aux législatives de 1986.

Le troisième député, Jean Roussel, vient de prendre la parole. Courbé en avant sur le micro, il nous exhorte à repousser l'invasion étrangère. Il s'enflamme, agite les bras comme un épouvantail tandis que, silencieux derrière lui, lentement, s'installe un orchestre de musiciens exclusivement... noirs.

Dans l'assemblée, plusieurs dos se raidissent. Offusqué, le garçon du comptoir se penche vers Pascal et chuchote : « C'est pas possible, c'est pas possible. Il a pas vu par qui il est entouré. » « Ah zut, ça c'est con! » jette Pascal. Les hôtesses commencent à distribuer les galettes des rois au rythme syncopé d'une musique tropicale. Comme pour se dédouaner, le chanteur fredonne « Oyé, oyé Front national », un refrain lancinant et exotique! Pascal et Félix frémissent. Le bruit circule dans la salle que ces musiciens viennent de l'île Maurice. « Si les communistes voyaient ça, ils nous feraient encore une belle publicité d'exploiteurs de nègres ». « Pas du tout, réplique une voix très digne, ils verraient que nous ne sommes pas racistes. »

Il est bientôt 19 heures. Nous nous installons à une table désertée par deux couples qui détestent ce genre de musique : « Quand on loue un orchestre, on se renseigne avant! »

Mes amis s'assoient en ronchonnant.

– C'est bidon, leur fête. Et nous qu'on s'emmerde à coller des affiches pour Le Pen et tout!

– Ouais, à la fédération, c'est rien que des vieux, des gens installés dans la vie. Ils s'en foutent de ceux qui triment, ajoute Félix qui vient de nous expliquer comment toute la semaine il a sué sur son chantier.

Un regain d'intérêt passe dans leurs yeux quand le monsieur Loyal de service enjoint les candidates à l'élection de Miss FN de monter sur l'estrade. Pascal entreprend de se rapprocher de la scène où quatorze jeunes filles timides et ricanantes se trémoussent devant l'orchestre noir. Monsieur Loyal s'efforce de leur faire décliner leur identité, tente de plaisanter souvent sans grand bonheur et chagrine une petite rousse tout de rouge vêtue, en lui faisant remarquer que cette couleur n'est guère appréciée au Front national. Le visage de la candidate s'empourpre lui aussi ; pour se reprendre, elle tente un rire jaune et niais.

Formé des députés et des conseillers régionaux, le jury hésite une demi-heure dans une ambiance respectueuse et bon enfant.

Le voisin de Céline s'impatiente puis se désintéresse de la scène pour sonder la profondeur d'esprit de ce joli minois. Il pourrait être son père.

– Vous lisez, mademoiselle ?

Avide d'obtenir une réponse, il braille à dix centimètres de la ravissante idiote, qui se recule juste assez pour respecter les distances de la politesse.

– Non ? Il faut lire pourtant, sinon on n'a pas d'arguments et quand quelqu'un vous contredit, vous fuyez la discussion. Non sérieusement, il faut lire. Et en plus, il faut tout lire, *Le Méridional, Le Monde, Le Nouvel Observateur,* pour pouvoir faire des comparaisons.

Tiens un intellectuel, je tends l'oreille.

– Moi voyez-vous, mademoiselle, j'estime qu'aujourd'hui celui qui n'a pas lu *Préférence nationale* de Jean-Yves Le Gallou et *Qui se souvient des hommes* de Jean Raspail est un jean-foutre. Les gens en majorité, à votre avis, quelle opinion ont-ils ? Eh bien, ils ont l'opinion du rédacteur en chef du quotidien qu'ils ne lisent pourtant pas.

Ce sens de la période éblouit Céline qui, voix sucrée et battements de cils à l'appui, minaude : « Il est amusant ce monsieur! » Le monsieur reprend sur le même ton de camelot :

– Les gens sont d'une ignorance crasse. Si je vous demande ce qu'est le PNB, mademoiselle, je parie à un contre un million que vous ne savez pas me dire de quoi il s'agit.

Au lieu de se sentir humiliée la jeune femme le regarde illuminée et hoche la tête en signe de négation.

– Ah vous voyez. Il faut lire. Dans le dernier *Figaro Magazine,* ils ont republié un texte de Marcel Pagnol sur la soi-disant démocratie, la démocratie est le gouvernement des ivrognes et des ignorants, mademoiselle. Regardez, on a dit longtemps l'Algérie est française. Mais l'Algérie n'a jamais été française que pour faire plaisir aux affairistes, aux politiciens.

Timidement, Céline risque une remarque pour montrer qu'elle a saisi tout le boniment :

– Ça, où il y a de l'argent, y a toujours des problèmes.

Son interlocuteur aperçoit soudain Arrighi quitter la salle. Il se précipite pour le saluer d'une courbette pateline et revient poursuivre un raisonnement plus méandreux encore.

– Eh oui, c'est pas les Arabes qui sont majoritaires là-bas, c'est les Berbères et les Kabyles en Algérie. Et c'est des Blancs ça, et la race blanche est supérieure, je ne dis pas que les autres sont inférieures mais la race blanche, c'est quelque chose! L'Algérie, elle a jamais été française, on a fait la guerre qu'a coûté une fortune, on a fait un référendum puisqu'on est en prétendue démocratie, et les Français ont dit l'Algérie est algérienne; c'est ça la démocratie. Voyez, il faut lire. Il faut lire parce que vous avez vingt-cinq ans, c'est vous qui faites demain.

Le braillard se détourne, Pascal revient, heureux. L'élue des élues qui descend maintenant de l'estrade, un énorme bouquet de fleurs à la main, est celle qu'il aurait choisie. De plus, l'honneur est sauf, la dauphine de la Miss FN est une fille mignonne mais, surtout, méritante qui ne rate aucune manifestation du Front. Le bruit court que son frère a été tué à coups de couteau par des Arabes. Monsieur Loyal, en riant sobrement, rappelle qu'un jour la demoiselle avait participé au service d'ordre d'un député et que, le lendemain, *La Marseillaise,* journal local d'obédience communiste, avait légendé la photo de l'événement : « Les gros bras du Front national. »

– Eh bien, j'ai le plaisir de remettre le bouquet de la dauphine à l'un de nos affreux gros bras.

La salle s'esclaffe, manifeste qu'elle trouve cette presse de gauche imbécile avec ses stéréotypes. J'ai la mort dans l'âme.

Nous nous levons pour partir, Céline a convaincu son compagnon de me raccompagner jusqu'à ma lointaine HLM. La nuit est tombée. On ne sait quelle atrocité pourrait m'arriver. La voiture de Pascal s'ouvre à distance, un énorme macaron FN pavoise sur la vitre arrière et un chien noir aboie à notre arrivée, un gros chien pataud incapable de faire mal et même peur.

Le trajet en voiture devrait durer dix minutes à peine. Percée d'autoroutes, Marseille, depuis quelques années, est conçue pour les automobiles. Mais Pascal ne connaît pas les quartiers nord comme sa poche, tant s'en faut. Il existe deux Marseille et il ne fréquente pas volontiers celui-là.

– Justement, me dit Pascal, ma mère a des appartements à louer au centre ville, si tu veux je lui en parle. Tu vas pas rester là quand même !

Je ne sais plus où donner de la tête. Durant toute cette journée je n'ai pas entendu un mot de politique, si ce n'est les exhortations à lire du dragueur et le bon mot d'un monsieur guindé. Celui-ci, se plaignant que le Front national eût édité des badges de couleur verte, avait ajouté : « Ces badges, ça fait écologiste, vous savez les verts, ces rouges qui s'ignorent, les daltoniens, quoi ! » La formule était tombée à plat. Seul Pascal avait compris. Pascal qui me réitère son offre d'appartement. Je n'ai rencontré aujourd'hui que des gens prêts à me rendre service. Celui-ci m'a aiguillée sur une assistante sociale lepéniste susceptible de m'aider dans la recherche d'un emploi. Cet autre va essayer de me faire quitter ma cité. Mon monde s'ébranle : je suis chez l'ennemi et l'ennemi est gentil. Association d'idées fugace, sur le moment : Hitler, dit-on, aimait les oiseaux. C'est vraiment idiot, me rétorqué-je, ces jeunes-là n'ont rien à voir avec Hitler... Et je m'enfonce sous ma barre de HLM en pensant : « C'est vraiment bête qu'ils soient si racistes », sans aucunement réaliser, à cet instant, l'incongruité de ce « si » devant le mot « raciste ». Il m'était venu naturellement : bien aidée par mes nouveaux compagnons, j'étais entrée dans la peau de mon personnage.

II

UN ARABE AU JAPON

Le jour de notre rencontre, au septième étage de sa barre de HLM, sur les hauteurs nord de Marseille, le vent hulule dans les tuyaux des vide-ordures. Elle sourit de sa bouche édentée et, pour faire bonne figure, replace une mèche rebelle de ses cheveux gris derrière un peigne. Pour sept cents francs par mois, elle offre sa chambre, son lit à deux places recouvert de dentelles synthétiques et son immense armoire à glace en faux acajou; elle, dort sur le canapé du salon. C'est une agence de particulier à particulier qui m'a fourni son adresse.

Madame J. a aux alentours de soixante-cinq ans. Dans sa jeunesse, elle travaillait aux tramways, puis, une fois mariée et mère de deux enfants, a été cantonnée à des petits travaux peu susceptibles de lui préparer une retraite dorée.

Je lui ai plu tout de suite. Elle se flatte de sentir « ces choses-là » et refuse de louer aux personnes « qui ont mauvais genre ». Sa petite-fille de quatorze ans vit sous son toit. Ses yeux s'illuminent d'amour : Gaëlle va encore au collège et ira peut-être au lycée. C'est pour cela qu'elle ne veut pas d'hommes à la maison. La peur affleure au détour d'une phrase, et son premier visage, c'est la peur du loup.

Des fenêtres, on aperçoit le parking désert en ce milieu de matinée. Les lieux ne sont pas enchanteurs, madame J. le sait et tente une page de publicité :

– Vous savez on dit les quartiers nord mais, moi, j'en connais des quartiers au centre!...

Elle s'interrompt et ne cherche pas à savoir si elle a été comprise. Marseille se chuchote tellement l'histoire du cours Belsunce, ce ghetto arabe planté à côté de sa Canebière, qu'elle n'a plus besoin de le nommer.

– Et puis, on est tout près du commissariat.

Un demi-sourire ponctue ce nouveau demi-mot. Je prendrai sa chambre.

De retour avec mes bagages, elle m'offre le déjeuner. La petite-fille est rentrée. Gonflée de trop de pâtes et de féculents, Gaëlle se moule dans un jean serré et traîne des baskets éculées. Bavarde comme une pie, elle raconte ses passions : Jean-Jacques Goldman, la star de la fraternité, et, loin derrière, le handball. Soudain, entre les nouilles et le Port-Salut, le bavardage adolescent recoupe les fantasmes des adultes. Elle raconte comment, avec des copains, elle a ennuyé l'employé de l'épicerie.

– Tu sais, celui qui est algérien!...

Elle ravale subitement sa salive comme si elle avait dit une grossièreté. Un quart de seconde, sa grand-mère se fige. Gaëlle reprend du courage, poursuit son récit :

– On a voulu l'obliger à aller chercher le pain, et, lui, il a compris Le Pen, t'aurais vu sa tête!

Gaëlle rit; c'est trop drôle cet accent marseillais qui fait que « pain » et « Pen » se prononcent presque de la même façon! La grand-mère, apparemment indifférente, s'épluche une golden. Cette fois, j'en suis sûre : elle vote Le Pen.

Elle se lève, et rapporte de la cuisine deux verres dans lesquels une cuillerée de « Ricoré » achève de se mélanger à l'eau chaude du robinet.

– Qu'est-ce que vous cherchez comme travail ? Parce que moi je connais beaucoup de monde. Je vais téléphoner à madame Broc.

Stupeur : madame Broc est une élue municipale socialiste. Ficelée dans sa robe de chambre rose trépassé, affalée sur le canapé, madame J. m'explique, sur le ton d'une grande bourgeoise qui aurait de l'entregent, qu'elle a ses entrées à la mairie. Elle saisit son téléphone et compose le numéro du cabinet du maire puis, dix minutes durant, s'escrime à trouver un employeur pour cette « petite parente à elle qui cherche un travail ».

Je me laisse prendre au jeu, m'inquiète : et si vraiment elle allait me trouver une situation grâce aux socialistes. Une demi-douzaine de coups de fil plus tard, je soupire de soulagement. Elle me suggère seulement de postuler comme femme de service à l'Assistance publique et, à tout hasard, d'écrire au maire pour qu'il appuie ma demande. Je choisis ce moment pour lui assener que je ne suis pas socialiste. Elle marque le coup puis se ressaisit très vite.

– Ah mais moi non plus vous savez, je ne suis d'aucun parti, je connais des gens, c'est tout !

Pourtant, dès cet instant, notre belle entente est brisée. Envolé, notre accord qui, tacitement, s'était fondé sur le besoin de sécurité et le mépris des étrangers. Un parti a suffi à nous éloigner... Madame J. est en effet bel et bien adhérente du PS. Elle a même participé aux grèves insurrectionnelles de 1947 aux côtés des communistes. Un passé qui la fonde à détester Le Pen mais ne l'empêche pas de haïr les Arabes :

– S'ils partaient, y aurait pas tant de chômage. S'ils partaient, c'est même les prisons qui se videraient.

La phrase ne tarde pas à devenir une rengaine, madame J. l'entonne à chaque dîner, et les militants du Front national me l'ont déjà serinée à chacune de nos rencontres.

Jusqu'à présent, d'une séance à l'autre, l'ambiance à la permanence du 15e est toujours identique. Assis en rond autour d'une table poussiéreuse sur des chaises dépareillées, ils sont le plus souvent une dizaine à discuter de tout et de rien, un véritable café du commerce ! Je n'y suis jamais à l'aise, mais personne ne le ressent. Je peux arriver, les saluer, m'asseoir silencieuse au milieu d'eux puis les écouter sans qu'ils me demandent guère plus qu'un vague sourire de connivence.

La conversation n'a jamais de mal à démarrer. L'un ou l'autre, indifféremment, la lance en évoquant un reportage diffusé la veille à la télévision :

– Vous avez vu cette histoire de drogué qu'est mort. La famille dit que la police l'aurait tabassé...

Les autres, aussitôt, se mettent à broder.

– Même que la sœur du drogué, la fille, avec les yeux qu'elle avait, ça pouvait être qu'une droguée aussi.

– Si c'est pas malheureux les gens comme ça, ça parle plus que les ministres.

– Et pendant ce temps-là, on parle pas du convoyeur de fonds qu'a été assassiné par un Arabe...

– Mais voyons, vous savez pas qu'un Arabe qui tue c'est tellement normal qu'on n'a pas besoin d'en parler ?

On y revient toujours. De tous les sujets, c'est celui qu'ils préfèrent. Les Arabes sont la cause de tous les maux, les insultes fusent, les lamentations aussi : les abribus brisés, les cabines téléphoniques en panne, les portières des bus bloquées, tout ce matériel détruit, abîmé, c'est la faute aux Arabes.

– Moi je les vois souvent, ils sont là et casse que je te casse.

– De toute façon ils cassent tout, c'est ça qu'ils veulent, tout casser.

A chaque fois, la même logorrhée. Des « ils » invisibles, menaçants, surgissent de tous côtés. Mes compagnons daignent rarement appeler les Arabes par leur nom. Quand ils les croisent dans la rue, ils font mine de ne pas les voir, ne les voient même pas. Comme si les immigrés, obsédants fantômes, vivaient derrière un écran, dans l'autre monde.

Avec moi, les militants sont tous gentils. Souvent, vers la fin de la permanence, Alessandro s'occupe de trouver une voiture qui puisse me raccompagner. Élevé au sein de la communauté italienne de Tunisie, il n'a toujours pas, après vingt ans passés en France, saisi la différence entre parce que et pourquoi... :

– Pourquoi le bous, il vaut mieux éviter. Moi, ma fille, elle le prend tous les jours pourquoi il faut bien qu'elle aille au travail. Eh bien, les Arabes ils foument dans le bous. Ils ennuient tout le monde, ils foument même du haschisch, les bous, ça grouille d'Arabes.

Alessandro mime le grouillement, se tortille sur son siège. Si sa moustache n'était pas taillée si courte, elle serait sûrement en bataille, tellement il semble excité. La promiscuité obligée des transports en commun lui répugne. Il éructe sans s'adresser aux autres : « Les Arabes sont des vandales, voilà, des voyous, de la racaille. »

Leur aversion déteint sur moi. Je me sens parfois contaminée. Un jour dans le bus, je réalise que je regarde, avec leurs yeux, la couleur de peau des passagers. Un jeune Arabe vient de monter, une bouteille de whisky sous le bras. Je le trouve trop sûr de lui, le retraité assis devant moi détourne la tête. Le bus reprend sa course cahotante sur la route pavée... de nids-de-poule. Les rues des quartiers nord ne sont guère entretenues. Nouvel arrêt : un coup de frein violent m'éjecte de mon siège. Une vingtaine de personnes prennent le véhicule d'assaut dont quelques beurs qui discutent aussitôt avec le jeune homme au whisky. Derrière eux, un blondinet à peine sorti de l'enfance, d'une main, s'agrippe à une barre, de l'autre, allume une cigarette. Surprise : c'est lui qui défie l'interdiction de fumer. Première bouffée, personne ne bronche, deuxième bouffée, les volutes du chérubin passent sous le nez du retraité qui va sûrement réagir. Soudain, je n'y comprends plus rien : c'est l'Arabe au whisky qui apostrophe le gêneur et, paternaliste, lui assène qu'il empeste le monde en s'esquintant la santé. Rougissant, le gamin s'éclipse à l'arrêt suivant.

Maintenant je sais que si Alessandro avait été avec moi dans le bus, il n'aurait pas vu la scène. On ne voit pas ce qui dément ses convictions intimes. Si je lui en avais parlé, il m'aurait sûrement rétorqué que les exceptions confirment la règle. Sa haine des immigrés, rien ne saura la soigner. Que les municipalités fixent des quotas d'étrangers dans les HLM, que les gouvernements expulsent à tour de bras, Alessandro conservera sa haine, il l'aime, il la soigne comme une blessure de guerre...

A la permanence, il lui arrive souvent de demander si on sait comment « ils » s'y prennent pour faire leurs besoins en paix.

– Eh bien, ils s'accroupissent par terre et ils tapent deux pierres l'une contre l'autre. Comme ça, les autres entendent « clac clac » et viennent pas le déranger. Alors, nous, en Algérie, on avait compris : quand il venait un Arabe, on faisait « clac clac » et il s'en allait...

Algérie, le mot immanquablement fait mouche.

– Ah on en a vu, hein, là-bas ? soupire le gros bonhomme rondouillard à la casquette vissée sur le crâne.

Les autres le surnomment le poète parce qu'un jour, parlant d'un militant qui ne passait plus jamais à la permanence, il a dit : « ah, celui-là, il a rejoint la quatrième dimension ». Son nom est Dewaert, il remâche aussi sa guerre, et dévide volontiers le fil de ses souvenirs.

– Le plus assommant tu sais, c'est leur youyouyou. Une nuit, sur le coup de deux heures et demie, on les a entendus.

Il se lève en hurlant youyouyou – ici tout le monde a le mime dans la peau – puis se rassied.

– Bon, on a quand même dormi, mais, le lendemain, il y a un grand chef qui vient et qui nous dit : « Bande de cons ! Vous avez pas entendu les fellaghas qui passaient cette nuit ». « Bon Dieu », qu'on se dit. Alors la nuit suivante, quand on a encore entendu les « youyouyou », ni une ni deux, on a sorti l'artillerie, et vas-y que je t'installe le lance-patates, le mortier avec des obus de soixante et que j' te tire là-dedans.

Le poète est à nouveau debout. Ses yeux brillent. Il jubile, son bras s'agite et mime mécaniquement la trajectoire des obus.

– Ah, ça y allait, ça y allait. Taratatatata !!!

Il scintille, heureux ! Comme s'il ignorait que son taratatatata avait tué...

– Seulement le lendemain, le chef se ramène : « Mais qu'est-ce que vous avez fait les gars ? – Ben, on a tiré sur les fellaghas. – Ah malheureux, c'étaient des moutons et des minots! » Voilà, voilà, conclut le poète sans un seul regret pour ces enfants assassinés : ils sont comme ça les Arabes!

Les rires saluent sa conclusion, jamais personne ne dit que cette guerre a été perdue. Personne ne parle de défaite, et j'imagine qu'elle a dû être bien lourde pour qu'on la taise encore, près de trente ans après. L'œil d'Alessandro s'allume, il a une histoire du même acabit à raconter. Il se redresse :

– Et celle-là, elle est véridique, sur... sur la tête de mes enfants.

– On te croit, on te croit, font les autres en chœur.

Alessandro se revoit en Tunisie, en 1945, ou 1946, il ne sait plus bien, lorsqu'il faisait son service militaire. Comme il était le seul à parler l'arabe, son sergent lui demandait de l'accompagner dans tous ses déplacements. Il était affecté à l'entretien des engins et avait notamment un camion benne dont il avait pris soin d'ôter la ridelle...

– Ah j' vois le coup, ricane Roland, qui, chef de section, se doit de comprendre vite.

– Attends, attends, tu vas voir.

Souvent sur la route, son sergent et lui prenaient des auto-stoppeurs arabes qui, faute de place dans la cabine, montaient dans la benne.

– L'Arabe en ce temps-là, il avait des poules, des œufs. Il allait vendre au village. Alors on lui disait : « OK, tu montes, tu nous donnes dix francs pour le voyage. Et les œufs et les poules, tu les mets dans la cabine parce que sinon, dans la benne, ça va pourrir au soleil ». Alors on prenait l'argent et tout. L'Arabe, il montait derrière. Seulement quand il était monté, hop, on démarrait, hop, je baissais le levier de la benne, et hop, va te faire voir, sale pourri. Nous, on gardait les œufs, les poules et l'argent pour acheter du vin!

Avant même qu'Alessandro ait terminé, tout le monde est écroulé de rire. Roland est plié en deux, un militant parvient quand même à retrouver l'usage de ses mâchoires et demande une précision :

– Mais, je comprends pas, les Arabes, ils avaient pas peur de toi, pourtant t'étais habillé en militaire?

Alessandro, bon prince, concède l'explication :

– Mais y avait pas de chemin de fer, pas de train, rien. Comment ils auraient fait les Arabes pour voyager hein? Et puis c'était pas méchant, on était encore copains...

Tous redeviennent sérieux. Le silence, enfin. Depuis, il y a eu la guerre, les « événements » comme ils disent, et, sous les vagues de rire, la mer de haine est devenue profonde. Avec le temps, je m'habituerai, et je parviendrai à sortir des permanences autrement que la gorge et l'estomac noués.

En attendant, je côtoie plus volontiers les jeunes. Pascal et Céline rencontrés à la galette des rois se sont pris d'amitié pour moi. Pascal habite un petit studio au centre ville du « bon côté de la Canebière, là où il n'y a pas trop d'Arabes ». Certes, le bas de sa rue est fréquenté par quelques prostituées mais, comme il le dit, sans achever, « vaut mieux ça que... ».

La première fois que je me rends à leur invitation, je suis presque guillerette. Nous devons aller danser chez des amis de Céline. Tout en restant dans la peau d'une chômeuse lepéniste, je m'apprête malgré tout à me divertir et oublier les Arabes, la haine et la guerre.

Quand j'arrive, Pascal est en maillot de corps. Deux garçons sont affalés sur le canapé, Félix, la bedaine naissante coupée par un jean trop serré, et son frère, qui vient de fêter ses dix-sept ans. Un autre, filiforme, adolescent boutonneux, tout de noir vêtu, est assis à même l'épais tapis. Il prépare un bac gestion-comptabilité. Je m'assieds sur le rebord du lit. L'appartement de Pascal est si exigu que le séjour lui sert aussi de chambre, une pièce encombrée où les posters apportés par Céline jurent avec les porcelaines données par les parents. La télévision diffuse Intervilles. Guy Lux encourage des candidats qui rampent le long d'une planche inclinée.

– Té, regardez ça, ça serait bon pour l'entraînement.

Tous les samedis, en effet, Pascal joue au chef et enseigne divers sports de combat à ses amis. Ils appartiennent au service d'ordre du Front national, et veulent en être la troupe de choc. Quand il y a une manifestation, ils enfilent le survêtement et les rangers. Au passage, Pascal fustige les autres chefs de groupe, des « mous » qui préfèrent défiler en costard-cravate. Ce soir, en tout cas, les héros sont fatigués. Ils ont joué à la guéguerre tout l'après-midi au parc Saint-Loup et se sont même entraînés au combat au couteau. « Ça peut toujours servir de savoir manier l'arme blanche. » A leurs pieds, le gros chien noir est épuisé lui aussi.

Céline tarde à arriver. Pascal nous offre, au choix, un sirop de fraise ou du whisky, puis pose un disque sur la platine d'une superbe chaîne hi-fi. Nostalgique, la voix de Jean-Pax Méfret, le Jean Ferrat du camp nationaliste, chante les morts des barricades d'Alger. Félix se racle la gorge, regarde le drapeau bleu-blanc-rouge punaisé au mur, se met à fredonner. Pascal saisit sa guitare, l'accompagne de quelques accords timides à peine effleurés. Tendre vague à l'âme, il me semble voir des babas cools recueillis sur un disque de Léonard Cohen.

– Bon, c'est pas tout ça, il faut que je prépare mes cartes, s'interrompt Pascal.

Il fouille dans un sac en plastique, en sort plusieurs jeux de poker qu'il bat énergiquement. Depuis l'âge de neuf ans et demi, il s'entraîne à faire des tours avec les cartes à jouer, des cartes normales et non biseautées. Il ne veut pas passer pour un « rigolo » auprès des gens qui demandent toujours de vérifier les jeux. Très fier de son savoir-faire, il montre tout ce qu'il a dû lire pour en arriver là.

– Ça va, ça va, dit Félix en jetant un coup d'œil distant sur les épais manuels d'initiation. C'est pas pour moi ça, il y a trop à lire.

Pascal n'est pourtant pas un gros lecteur non plus. Dans sa bibliothèque, hormis *Les Français d'abord* et un autre livre de Le Pen, il n'y a que des albums d'*Astérix* et de *Tintin.*

– Les cartes, c'est comme ça, pour m'amuser, je suis un simple amateur. Sinon il faudrait que je m'entraîne deux à trois heures par jour... mais j'aime ça, je m'en suis souvent servi pour la drague. C'est d'ailleurs avec ça que j'ai eu Céline. Elle était à un bal du Front, je lui ai fait un petit tour, et voilà... Sans mes cartes moi, ça ne marche pas, je sais pas, on dirait que j'ai pas de personnalité.

Avec son petit ton modeste, ce lepéniste-là va finir par m'être sympathique. Illusion, le roi de cœur peut devenir un as de pique. La métamorphose s'opère à notre retour de la soirée dansante.

Céline propose de faire des crêpes. Toujours aussi sexy, elle s'est moulée, cette fois-ci, dans un ravissant tailleur de cuir bleu. Son amie, Sabine, une blonde élancée au charme vaporeux l'accompagne dans la cuisine. Les filles aux fourneaux; les garçons, autour, prodiguent des conseils et, balourds et plaisantins, constatent qu'ils ne sont pas prêts de quitter leur mère qui, elle au moins, sait cuisiner. Ce joyeux charivari aboutit au ratage total de la pâte. Repli dans le salon autour d'une assiette de gâteaux secs. C'est l'heure des confidences. Félix et Pascal parlent de leur famille :

– Mon frère, soupire Pascal, c'est un intellectuel. En France, il serait plutôt de droite mais, là où il est, sa situation fait qu'il est plutôt de gauche.

J'arrête de croquer mon biscuit, étonnée par ce discours plutôt déterministe. Son frère travaille au Japon, au noir la plupart du temps. Il est parfois clandestin. Quand son autorisation de séjour expire, il est obligé d'aller en Corée ou aux Philippines, le temps de renouveler ses visas.

– Mon frère, c'est un Arabe au Japon.

Il a dit cela sans acrimonie et reste un instant songeur. Tout le monde le regarde, attentif. Serait-il en train de sympathiser avec ce frère ? Céline fait déjà une moue désapprobatrice : « Un Arabe, c'est un Arabe. Et c'est tout ! » Pascal cligne les yeux, se réveille :

– Non, mais mon frère, dit-il dédaigneux, il est détaché de tout, de la famille. C'est pas un matérialiste, il peut vivre sans maison, sans voiture.

Et de poursuivre, comme s'il voulait définitivement rentrer dans le rang :

– Nous, les nationalistes, c'est le contraire. On défend le clan, la famille. En fait, nous, on est des constructeurs...

Oublié l'Arabe au Japon, chassé par les immigrés de Marseille qui refont brusquement surface. Une nouvelle tournée de gâteaux et nous voici émiettant quelques banalités sur la criminalité. Pascal est le plus bavard.

– De toute façon, tous ceux qui adhèrent au Front, c'est parce qu'ils ont eu affaire à eux.

La belle Sabine, frileusement lovée contre un radiateur, médite à voix haute, et reconnaît que, si elle n'habitait pas un quartier résidentiel près du Prado, elle serait peut-être militante.

Pascal martèle son idée. Lui a beaucoup souffert des Arabes. D'une voix pathétique, il raconte comment quelques-uns mendiaient sur la Canebière quand il était enfant :

– Ils me disaient : « tu me donnes un franc ». Attention, hein, ils ne disaient pas : « avez-vous un franc, s'il vous plaît », non c'était : « tu me donnes » !

Ses invités n'ont pas l'air très ému. Alors, il relate ses démêlés avec les ouvriers intérimaires – Arabes bien sûr – qui travaillent avec lui sur les chantiers. Pascal est maçon pour le compte de son père, entrepreneur. Il s'enflamme : les Arabes l'ont même attaqué une fois à sept contre un. Il a été obligé de demander pitié :

– Non mais, vous savez ce que c'est pour un homme de crier pitié ? Eh bien moi, j'ai dû le faire. C'est pour ça, les Hongrois, les Italiens, les autres races, ça ne me fait rien mais les Arabes, ça c'est une mauvaise race et je sais ce que je dis.

Il reproche au RPR de capituler et ne voit en Le Pen rien d'autre que la vraie droite. Il se veut et se croit plus violent que le Front national :

– Disons fasciste, ça oui, je le serais un peu. Et alors ? Il faut bien les mettre tous dehors. Mais il y a plus extrémiste que moi, parce que je ne pose pas de bombes, moi.

Cette fois, dans son coin, la belle Sabine prend une mine mi-absente, mi-effarouchée.

– C'est comme les Juifs, poursuit Pascal, moi, je suis antisémite, ça, c'est personnel. Ça ne vient pas du

Front, c'est parce que j'ai eu affaire à eux aussi. Ils font les princes, mais derrière la façade, il n'y a rien. Le Français il n'est pas pareil. J'en connais : ils roulent dans de toutes petites voitures mais leur compte en banque... je les connais aussi!

Sabine se décolle du radiateur et se décide à porter la contradiction, en papillotant de tous ses cils blonds :

– Moi, il y en a un, de Juif, dans mon immeuble, eh bé, je te le dis, j'en ferais volontiers mon mari.

Puis, sautant du coq à l'âne, elle demande au frère de Félix, qu'elle trouve très mignon, ce qu'il fait comme études. Apprenant qu'il fait du rugby, elle l'exhorte à protéger son joli visage. Céline, attendrie, participe au jeu, les filles monopolisent la parole, Pascal est réduit au mutisme. Je respire... Plus tard, j'apprends que Sabine a voulu prendre, non pas la défense des Juifs, mais de Céline. Celle-ci a récemment divorcé d'un Israélite avec lequel elle avait été mariée deux ans. Pascal lui reproche ce passé.

En rentrant chez moi, je suis encore abasourdie. La soirée avait si bien commencé! D'où viennent les rancœurs de Pascal? Son quotidien tel qu'il nous l'a évoqué est banal. Ce qui le blesse, ce n'est pas la réalité de son histoire mais la façon dont il se la raconte. Il se saoule de mots douloureux, de blessures imaginaires qui le mettent en rage.

De la même façon, à la permanence du 15ᵉ, le drame de l'Algérie ne vient jamais immédiatement sur le tapis. Le délire raciste se nourrit d'abord aux sources de la vie courante. On se plaint des difficultés pour obtenir une aide sociale, des ravages de la petite délinquance. On cite les faits, parfois vrais, parfois faux. Les militants s'en saisissent pour tisser la trame d'un récit. Un jour le poète a voulu nous faire croire qu'il s'était fait naturaliser Arabe pour obtenir une aide sociale.

– J'ai dit que je m'appelais Mohamed ben Dewaert, et j'ai eu ce que je voulais, vous vous rendez compte ?

Ce récit exclusivement consacré aux rapports avec les Arabes s'enrichit sans cesse de nouvelles touches, tantôt tristes, tantôt comiques voire grotesques, variées comme la vie. Une véritable chanson de geste. Ils n'ont besoin de personne pour en écrire le texte mais quand ils reçoivent la caution d'un intellectuel extérieur à leur monde, ils sont aux anges.

Début mars, Bruno Mégret, récemment promu directeur de la campagne présidentielle de Jean-Marie Le Pen, vient donner une conférence à Marseille. La réunion se tient dans un hôtel cossu. Je retrouve sur place tous les militants du 15e hormis leur chef, Roland. L'un d'eux, Albert, boucher de son état, a même amené avec lui deux adhérents qui ne viennent jamais à la permanence. Hubert est un monsieur déjà âgé mais pétulant, au visage émacié et aux yeux de feu. Quant à Gillano, son accent pied-noir est un concentré des soleils de la Méditerranée. Tous trois sont en forme et Albert est tellement heureux qu'il nous offre l'entrée de la conférence fixée à vingt francs.

Au fond de la salle, une immense banderole blanche rappelle le sujet de la réunion : « Être Français ça se mérite. »

– Pour sûr que ça se mérite! lance pète-sec Hubert. Des guerres, dans ma famille, on en a fait trois!

Son père a été gazé en 14-18. Lui a été prisonnier en 39-45, ses deux fils ont fait la guerre d'Algérie. Gillano exhibe de son portefeuille sa carte d'ancien combattant et, la mine soudainement honteuse, explique :

– Mon nom n'est pas très français mais vous savez, j'ai mérité quand même la nationalité.

Il a passé trente mois dans le djebel, près d'un camp où Albert est resté dix-huit mois. Hubert évoque sa vie de colon en Algérie, mais le déchirement pour lui n'est pas synonyme de pleurs. Quand il parle, on entend le crépitement des mitraillettes. On voit les rues d'Alger la Blanche soudain éclaboussées de rouge :

– Sans me vanter, parce que je suis pas un héros mais j'ai été parmi les premiers à... à... ben, disons, à faire du travail pour l'Algérie. Et c'était bien avant l'OAS.

Les souvenirs lui reviennent par rafales. Il revoit les représailles des légionnaires après l'explosion d'une bombe posée par le FLN au stade d'Alger :

– Ils ont mis tous les Arabes dans la piscine municipale et, là, taratatata. D'une main, il asperge la salle d'une salve imaginaire.

– J'ai juste eu le temps de sauver un petit Arabe qui travaillait parfois chez moi. Tiens, ben, c'était la femme à Vergès qui avait posé la bombe.

Le procès du terroriste Abdallah défendu par Me Jacques Vergès vient de s'ouvrir. La télévision en parle beaucoup.

– Tu te rends compte, râle Albert, et dire que ces gens-là on les voit partout à la télé maintenant. C'est des traîtres ça pourtant.

Les autres acquiescent, citent le nom de quelques « porteurs de valises », Français solidaires du FLN algérien, et les insultent.

Une voix de fausset invite l'assistance à s'asseoir. A la tribune, Bruno Mégret est entouré des quatre députés du département et du président de l'association Culture française, organisatrice de la conférence, et paravent du Front sur la ville.

Le président demande à Ronald Perdomo de présenter Bruno Mégret. Perdomo grimace, il semble toujours prendre la parole à contrecœur. Les militants lui préfèrent Arrighi qui sait mieux s'exprimer. En outre, Arrighi n'a pas eu l'idée farfelue d'épouser une Antillaise : la majorité des lepénistes que je connais ne pardonne pas ce mariage avec « une Noire ».

Ronald Perdomo débite le curriculum vitae de Bruno Mégret à toute allure. Les titres et les diplômes défilent : « ingénieur des Ponts et Chaussées, polytechnicien... » Albert émet un sifflement admiratif.

L'ingénieur attaque d'emblée le gouvernement qui n'a pas tenu ses engagements sur la question de l'immigration. Les immigrés d'aujourd'hui ne s'intégreront pas comme les « Espagnols, Italiens, Polonais qui partageaient avec nous la même langue – le lendemain, *Le Méridional,* journal de toutes les droites, prendra soin de ne pas reproduire ce lapsus –, la même religion, la même culture. Avec les Arabes nous n'avons rien en commun ». La salle applaudit. Nombreux dans l'assistance, les Italiens comme les Espagnols de la deuxième génération apprécient qu'on se souvienne de leurs origines.

L'orateur évoque ensuite la marée de clandestins qui inonderait, selon lui, le pays. Il cite le cas d'un département où deux mille personnes entreraient chaque semaine en fraude. Il multiplie ce nombre par celui des départements frontaliers puis par 52, aboutit à un chiffre astronomique. L'assemblée est éberluée : « Il y en a donc tant que ça ! » Moi aussi, je suis assommée ; je croyais qu'à Polytechnique on apprenait la statistique avec plus de rigueur.

Mégret poursuit en brossant le portrait de ces « Africains » qui violent nos frontières, imitant l'accent petit nègre comme les militants du 15e le font tous les soirs de permanence. On l'écoute, on rit de plaisir. Mégret choisit ce moment pour faire peur :

– Si cela continue, ce sera la fin de notre identité nationale, de notre paix civile, un véritable Liban à la française.

A mes côtés, Albert se crispe : il est comme tout le monde, il refuse que son monde disparaisse et ne veut pas mourir. Un spectateur n'y tient plus, se lève et hurle :

– Pour les musulmans, tuer des infidèles ouvre les portes du paradis. Alors, je vous le demande, est-ce que nous voulons servir d'engrais au jardin d'Allah ?

Mégret conclut que seul un gouvernement Front national écartera le danger en expulsant tous les clandestins et en obligeant les immigrés en règle à prêter serment d'allégeance à la France. Il cède ensuite la parole à la salle qui piaffe d'impatience. Il a rappelé le canevas sur lequel les assistants vont pouvoir broder, il a fourni quelques anecdotes qu'ils répéteront demain en les arrangeant à leur façon. En attendant, chacun exige le micro pour raconter la sienne. Parfois, malgré tout, une voix soucieuse réclame une précision. Quelqu'un demande si certains pays pratiquent déjà la politique préconisée par le Front national. « Bien sûr », lui rétorque Arrighi qui le félicite pour cette excellente question et, sans détailler, lui annonce que la Grande-Bretagne, la Suisse et les États-Unis « nous ont devancés ». « Et Israël, ajoute Ronald Perdomo, est même plus dur que nous : on ne le dit pas assez, mais, nous, nous n'exigerons jamais des immigrants qu'ils soient catholiques, alors que, pour entrer en Israël, il faut être juif. »

Un autre auditeur désespère de comprendre pourquoi le gouvernement ne respecte pas ses engagements.

Mégret soupire :

– Je crois hélas que ces dirigeants ne sont intéressés qu'à une chose...

– Leur portefeuille! crie quelqu'un.

L'orateur reste un instant interloqué, puis approuve :

– Oui, ces hommes se contentent de faire de la politique politicienne, sans se soucier des grands enjeux nationaux.

– C'est bien ce que je dis, tonne le perturbateur.

Les interventions n'en finissent plus. Les histoires des uns ressemblent aux histoires des autres. Le conférencier en utilisera peut-être quelques-unes dans son prochain débat. La boucle sera bouclée : les « Français », par sa voix, auront parlé aux « Français ». Enfin, le président annonce qu'il faut libérer la salle. Il est 21 h 30, Albert me prend sous son aile protectrice : nous rentrerons ensemble en métro jusqu'au terminus où, par peur des embouteillages, il a garé sa voiture. Hubert et Gillano nous accompagnent. Ils sourient, réconfortés. « Qu'est-ce qu'il parle bien, il a une diction impeccable ce Mégret. » Soupirs d'extase d'Hubert : « Ah, c'est des jeunes comme ça qu'il nous faut. » Dans la rame, Gillano se sent tellement fort qu'il tonitrue. Sa mère ne touche que 3 500 francs de retraite par trimestre.

– Et tous ces bicots, ces troncs qui touchent plus qu'elle sans jamais avoir rien foutu!

Je me fais toute petite sur mon siège. Derrière nous, trois beurs font semblant de ne rien avoir entendu. Gillano, Albert et Hubert n'ont même pas dû les remarquer. Ce soir, l'écran invisible qui sépare ces Français des Arabes est plus épais que jamais, et je ne sais plus de quel côté je suis. Les couloirs du terminus sont déserts. Albert frissonne, il ne laisserait pas sa femme ou sa fille venir seule ici. Parce qu'il ne les voit jamais que lorsqu'il a peur d'eux, il demande subitement ce que font « ces petits melons, là », en indiquant un groupe de passagers qui, comme nous, rejoignent leur véhicule.

Le lendemain, à la permanence, le poète et Alessandro saluent Roland d'un sonore :

– Ah! t'as raté quelque chose hier. Bon, c'est vrai, tout ce qu'il a dit on le savait déjà, mais il en a là ce Mégret, termine Alessandro en se frappant le crâne de l'index.

– Et puis, il a donné des tas d'exemples, renchérit Dewaert qui ne résiste pas au plaisir de les citer. Tiens, est-ce que tu sais la première chose qu'il fait un Arabe qui arrive en France? Eh ben, il déchire ses papiers et il se met à l'endroit où il va y avoir un contrôle de police, exprès. Alors, les policiers, quand ils lui demandent d'où il vient, l'Arabe, il répond d'Afrique. Et il répond que ça pendant toute la garde à vue! Et c'est comme ça qu'après, les flics lui donnent une autorisation de séjour pour huit jours ou pour je sais pas combien de temps moi. Parce que, tu comprends, la police elle sait pas où le renvoyer, parce que l'Afrique c'est grand, ça va du Maroc jusqu'au Togo là-bas en bas.

Le poète pointe l'index vers ses pieds comme pour montrer que le Togo, c'est vraiment là-bas, au fin fond de l'Afrique.

– Hein, Anne, dit-il en me prenant à témoin, c'est bien ça qu'il a dit?

Je suis bien obligée d'approuver. A l'exception du Maroc et du Togo dont Mégret n'a pas parlé – il a seulement précisé que l' « Af'ique » était un continent –, le reste du récit est tout à fait fidèle.

– Par contre, poursuit le poète, qu'est-ce qu'il y a

eu comme questions cons ! La première qu'a parlé, à tous les coups c'était une taupe, une infiltrée pour poser une question pareille. Hein, Anne vous vous rappelez ? Celle qui croit que si on demande aux Arabes de faire leur service militaire ici, on va avoir une armée algérienne en France.

Roland hoche la tête, il n'a pas l'air, lui, de trouver la question idiote. Alessandro estime qu'il y a eu plus imbécile encore.

– Non mais, celui-là qui dit – Alessandro prend un ton pleurnichard – et les harkis qui se sont battus pour la France et que nous on fait rien pour eux. Les harkis tu parles, je les ai vus moi, les harkis ! Combien il y en avait qui égorgeaient les soldats français, ils prenaient les armes et hop ils se taillaient.

Alessandro, rageusement, mime du bras une armée qui prend la poudre d'escampette.

– Ah ben moi, conclut, philosophe, Dewaert, je vais te dire, un harki ça a trahi son pays, et qui a trahi une fois, trahira deux fois et ça, c'est pas moi qui le dis, c'est Jules César.

L'Italo-Tunisien Alessandro et le Belge Dewaert enchaînent en répétant, pour la énième fois, que c'est en versant leur sang pour la France qu'ils ont mérité la nationalité française... Comme les harkis, en somme. Cruelle incohérence.

III

LA FILLE DE LA FAMILLE

Mes premières visites à la permanence du 15e sont douloureuses. J'arrive toujours à l'heure de fermeture. Mon adhésion a certes été facile, mais je ne parviens pas à surmonter mes craintes, et il me faut toujours arpenter la rue Le Chatelier avant de me résoudre à pousser la porte du 10. Un soir de la fin janvier, il est, une fois de plus, 19 heures quand j'arrive. Je croise dans l'escalier Alessandro qui s'en va. A l'étage, ne restent que Roland, pilier de la section et Sylvain, le grand jeune homme pâle qui dirige le Front national de la jeunesse de l'arrondissement. Sans même me dire bonjour, celui-ci me demande :

– Au fait ça vous intéresse de faire partie du bureau du FNJ ?

Si j'accepte, j'en serai secrétaire administrative. Je bafouille :

– Je ne sais pas si..., si je suis apte.

Sylvain me force la main :

– C'est juste pour taper à la machine, vous savez bien faire ça.

Me voici au pied du mur. Mes idées se bousculent pêle-mêle. Ils ne doivent pas avoir beaucoup de militants pour me proposer d'emblée une telle fonction. D'un autre côté, si j'accepte, je me sentirai fondée à fréquenter ce repaire d'hommes où je ne perçois pas encore ma place. Sylvain m'annonce qu'il réunit le bureau du FNJ le lendemain. Il m'appellera vers midi pour me préciser l'heure.

Le jour suivant, puis la semaine, s'effilochent, moroses, sans qu'il me téléphone. Peut-être s'est-il ravisé, se méfie-t-il de mon zèle trop neuf. Questions sans réponses : il ne m'a pas laissé ses coordonnées. Je ne suis pas trop sûre de moi, je me demande si j'ai fait « le bon choix » en m'installant dans les quartiers nord. A la section, il n'y a jamais qu'une dizaine de personnes. Je souhaite tant rencontrer les lepénistes, que je les cherche partout, même chez les royalistes. Le 21 janvier, j'assiste donc à la messe anniversaire de l'exécution du roi Louis XVI. La cérémonie a lieu en l'église intégriste qui, ironie du sort, se situe au cœur du ghetto arabe de Belsunce. L'office est en latin, il y a très peu de monde, mais je retrouverai la plupart des visages dans de futures manifestations du Front national. Certains s'avéreront défenseurs acharnés de la monarchie, d'autres simplement séduits par les « jolis symboles de l'Ancien Régime », mais, d'ici là, les militants du 15ᵉ arrondissement seront devenus ma famille.

Chez ma logeuse, l'ordinaire s'améliore. Madame J. a touché sa retraite et a immédiatement fêté l'événement en sacrifiant au cérémonial habituel : la dispendieuse visite à l'hypermarché voisin. En plus des pâtes et du Port-Salut, nous pouvons grignoter quelques gadgets alimentaires, gâteaux, galettes et autres bonbons dont Gaëlle avait depuis longtemps envie. Céline me téléphone de temps à autre pour me presser de quitter les quartiers nord. Son ami Pascal me présente sa mère qui possède un studio à louer près de la

Canebière. C'est une femme charmante et douce. Elle estime que les gens du Front doivent être solidaires entre eux et dit contribuer à la lutte contre le chômage des jeunes Français en boycottant les commerces qui emploient des immigrés.

– Vous savez, si tout le monde s'y mettait, ça irait vite, plus personne ne les embaucherait.

Comme elle me sait sans travail, elle me propose de baisser le loyer et de renoncer à la caution. Son offre est si aimable que je ressens la grossièreté de mon refus inexpliqué. Mais comment faire ? Je ne peux tout de même pas lui dire qu'en dépit du peu de lepénistes rencontrés jusqu'ici, je persiste à croire que je les débusquerai mieux dans les grisailles du nord de la ville.

Peu à peu, je me familiarise avec les militants de mon quartier, j'arrive même en avance sur l'horaire ! Je découvre leurs habitudes. Le scénario est en effet toujours le même. Chaque lundi et chaque jeudi, Alessandro descend vers 17 heures de son bloc de HLM et, planté sous un abribus, attend l'automobile blanche de Dewaert, le poète. Ensemble, ils filent vers la section qui, à vol d'oiseau, est à moins d'un kilomètre.

Une fois arrivé, Alessandro suspend son anorak à la patère, et maniaque, tire d'un coup bref le bas de son polo. Dewaert, qui, en toute saison, ne quitte jamais sa casquette, s'assoit en bout de table. Alessandro prend, sur une étagère, le cahier des présences dont il a la responsabilité, puis s'installe à l'autre bout de la table, exactement à l'opposé du poète. La séance peut commencer.

La plupart du temps, ce sont eux qui ouvrent le local. Seul Roland les devance parfois, quand il a du courrier à traiter. Au fil des semaines, j'assemble le puzzle de leur vie. Alessandro a combattu dans les rangs de l'OAS et n'a été amnistié que récemment. Il est retraité d'une société de convois de fonds et a élevé neuf enfants.

Le poète est le plus bavard de tous. Légèrement bègue, il agace parfois mais fait rire toujours. Il a tant d'histoires à raconter! Belge d'origine, il s'est engagé tout jeune dans la Légion qu'il a quittée au bout de dix-huit ans de service. De ses un mètre soixante de hauteur, il prétend avoir maté les « testards », les têtes dures. Il a ensuite ouvert un restaurant vietnamien avec sa femme indochinoise. Depuis il se surnomme « le Chinois belge ».

Rezzi arrive en général dans leur sillage. Il leur serre la main sans mot dire puis choisit une chaise, de préférence dans un coin de la pièce. Rezzi, taciturne, ne se confie à personne. Quand il sort de son épais silence, c'est pour lâcher, bougon et laconique : « Faut rallumer les fours, y a que ça à faire. » Il n'explique jamais et personne ne relève. Je ne saurai rien de lui, si ce n'est qu'il a été manutentionnaire avant d'être licencié. Perthier est aussi mystérieux mais par pudeur, semble-t-il. Un triste sourire est toujours collé sur ses lèvres. Je voudrais bien sympathiser avec sa douleur secrète. Mais je l'apprendrai trop tard, quand, en avril, il sera en cure de repos, déprimé par le départ d'une épouse adorée mais volage.

Les premiers temps, les trois autres militants réguliers de la section retiennent moins mon attention. Albert le boucher ne passe que le lundi, jour de fermeture de sa boutique. Durand, ancien légionnaire lui aussi, et Takis, à la cambrure de torero, ne restent jamais plus d'un quart d'heure.

Tous ont entre quarante et soixante ans et me prennent en amitié. Alessandro m'adopte même :

quand il parle de moi aux autres, il dit avec émotion « notre fille ».

Hormis Caron, chef des trois arrondissements du nord de Marseille, et son fils, Sylvain, dont je n'ai d'ailleurs plus aucune nouvelle depuis ma promotion au rang de secrétaire du FNJ, personne d'autre ne fréquente la permanence. Roland n'hésite cependant pas à proclamer qu'il dirige la plus grosse section de Marseille. Début février, lassée de l'entendre évoquer ses cohortes d'adhérents invisibles, je jette un coup d'œil au fichier où sont consignés leur identité, âge, adresse et profession. Plus tard, j'aurai tout loisir de le consulter puisque Roland m'en confiera la réorganisation.

Plus de cent quatre-vingts noms y sont répertoriés, dont une douzaine seulement de femmes. L'une est médecin, les autres sont sans profession ou femmes de service. Côté masculin, le salariat l'emporte aussi largement, c'est le royaume des petits employés, une quinzaine seulement se disent artisans ou commerçants. Pour le reste, les guichetiers de banques, des PTT, de la SNCF le disputent aux vendeurs des grands magasins, aux convoyeurs de fonds et ouvriers qualifiés du bâtiment. Je m'étonne de ne trouver que dix chômeurs déclarés et m'inquiète de recenser une quinzaine de policiers travaillant dans les commissariats du quartier. Additionnés, les retraités et les moins de vingt-cinq ans représentent à peine le cinquième du bataillon. La moitié a entre trente-cinq et cinquante-cinq ans. Le portrait type de ces adhérents est celui d'un Français banal, actif, salarié, installé dans la vie. Le Front n'a rien à voir avec un club du troisième âge ou une farce étudiante, ceux qui persistent à le dire et le croire prennent des vessies pour des lanternes.

Peu après cette instructive lecture, Sylvain se décide

enfin à repasser à la permanence. C'est la mi-février, nous ne nous sommes pas vus depuis trois semaines. Cette fois encore, il ne prend pas le temps de dire bonjour.

– Ah, au fait, vous m'excusez, je ne vous ai pas téléphoné, j'ai eu d'autres trucs plus importants.

Il souligne le mot d'un air de grand mystère. A première vue, personne ne supposerait que ce jeune homme aux bras trop longs souvent ballants soit tellement occupé. Mais comme, à l'époque, je suis persuadée que le FNJ est le bras fanatique de Le Pen, je ne m'arrête pas à cette impression.

– Elle a pas eu lieu la réunion de toute façon, on la fait demain à 18 h 30. Vous pouvez être là ? me demande-t-il sans achever, en tapotant sur un clavier imaginaire.

J'acquiesce à cette façon de me cantonner dans un rôle secondaire de dactylo. Le lendemain, il est à l'heure mais seul, sans les deux autres membres du bureau :

– Ah, au fait, pendant que j'y pense... Il tire de son portefeuille un petit bout de carton bleu, bizarre. Sous un nom – « Silvan, voyant astrologue » – et une adresse, un dessin représente un œil dans un triangle. Il me le tend :

– Gardez-le, ça peut toujours vous servir...

Sans plus de commentaire, il s'en va fouiller nerveusement dans l'armoire du fond de la pièce. Il m'explique qu'il s'est fait sermonner par son père. La fête du FNJ a lieu dans cinq jours et il n'a toujours pas envoyé les invitations, comptant sur le bouche à oreille pour annoncer la soirée.

L'ordre du jour est donc consacré à ce courrier. Au hasard des étagères encombrées, Sylvain trouve un vieux tract au dos duquel il jette une première phrase, puis rature, réécrit la même phrase, et finalement se lasse : le monde est hérissé d'obstacles et de fautes d'orthographe.

– Bon, vous faites, hein, parce que moi ça m'énerve ça. Il se lève en faisant du bras un violent geste de rejet. La feuille vient voleter sous mon nez.

Ses sauts, soubresauts et sursauts sont fatigants. Et puis, cette manie de commencer ses phrases par un « au fait » abrupt et pataud, comme si son esprit étourdi se souvenait soudain qu'il lui faut revenir à la réalité, m'agace.

– Ah, au fait, faut que je vous explique un peu ce que c'est le FNJ.

Et de se lancer dans une phrase à rallonge, entrecoupée de bredouillements confus. Il s'intéresse à la politique parce que son père le lui a recommandé. D'après lui, les autres jeunes du quartier ne pensent qu'à faire la fête, d'ailleurs lui aussi aime bien s'amuser.

Mon initiation aux arcanes du FNJ est terminée. Satisfaite ou non, je devrais m'en contenter car Sylvain, me tutoyant désormais, est en train de se plaindre de l'absence des deux retardataires.

– C'est ennuyeux qu'ils soient pas là, parce que mon père il m'a dit d'envoyer aussi une invitation à l'UNI, c'est des étudiants. Tu connais ? Il m'a dit qu'ils sont bien. Ils sont nationalistes, ajoute-t-il en détachant chaque syllabe de ce mot important. J'aurais voulu qu'ils soient là les autres pour qu'on en discute... Ah zut j'ai pas l'adresse de l'UNI non plus.

Sylvain est une caricature d'inefficacité, mais ses aînés du Front national ne valent guère mieux. Les réunions n'obéissent jamais à un quelconque ordre du jour, ne sont que discussions chaotiques où chacun saute du coq à l'âne au gré de ses humeurs et de ses fureurs. En fait, l'efficacité de ce militantisme-là est d'ordre thérapeutique. Un petit bol d'air dans un univers désertique. On se réchauffe entre soi, on se délivre des satisfecits incessants, on exécute le reste de la planète, les autres. Et les autres, c'est un vaste ensemble où l'on fourre pêle-mêle tout ce qui est extérieur au Front et même à la section. On aime rester en famille en somme!

La fête du FNJ, le 14 février, s'annonce de la même veine, familiale. Elle se tient au sous-sol d'un hôtel, une bâtisse désuète des années trente. C'est Roland qui a trouvé la salle. Il connaît bien les patrons qui la lui louent pour presque rien. Il connaît d'ailleurs tout le quartier comme sa poche et est l'ami de tous les tenanciers de bar du 15e et des alentours. Un bon chef de section doit savoir lever le coude.

Le cadre est champêtre et l'hôtel situé sur le territoire quasi campagnard des Pennes-Mirabeau, la banlieue mitoyenne de notre arrondissement. Le menu sera simple : pizzas à volonté suivies de fruits et glaces en sachet. Chacun paiera 80 francs de participation aux frais. Ce sera à la bonne franquette et non pas guindé comme chez les bourgeois du centre ville, m'a annoncé Sylvain qui m'a convoquée pour les préparatifs.

Sur place, je rencontre enfin les deux autres membres du bureau du FNJ. Didier, apprenti carrossier, est affecté à la cuisson des pizzas. Michaël, mécanicien de son état, installe la sono.

De son côté, notre chef donne des ordres sur un ton agressif que Didier ponctue sans ironie apparente, comme par simple réflexe, de joyeux « heil Hitler! ». Puis Sylvain se consacre à la sangria que, finalement, il rate. Le breuvage est infect, trop amer, trop acide, trop aigre. En catastrophe, il y rajoute un kilo de sucre qui traînait sur une étagère. La soirée s'annonce mal.

Les invités tardent à venir. Commence une attente longue et frileuse que le poêle à charbon ne parvient pas à réchauffer. Sylvain tambourine le comptoir de ses doigts nerveux. Dans un coin, une fille fume gitane sur gitane, en silence. Soudain, une ombre bruissante et affolée traverse la salle. C'est Didier qui revient précipitamment d'un petit tour au rez-de-chaussée de l'hôtel. Il voulait faire un brin de causette avec les patrons mais... Il a le hoquet, bégaie. Il a vu des hommes armés. Personne ne comprend rien à ce qu'il dit :

– Quoi, quoi, mais explique, qu'est-ce que t'as vu ? Quoi ? Des mecs avec des armes ? Quoi ? C'est au Front qu'ils en veulent, ces mecs ?

Didier n'en sait rien, mais les autres se laissent gagner par la peur : les communistes ont peut-être eu vent de leur soirée, ils veulent peut-être la perturber.

La fille aux gitanes veut en avoir le cœur net, elle contraint Sylvain à la suivre au rez-de-chaussée. Ils reparaissent très vite, pâles et crispés. A leur tête, je devine qu'ils n'ont rien compris non plus. D'une phrase, ils écartent les questions :

– C'est rien, c'est une embrouille.

De toute façon, il faut oublier l'incident. Les invités sont arrivés d'un seul coup et se massent déjà au comptoir. Ils sont une soixantaine. Je m'inquiète : combien seraient-ils si Sylvain avait envoyé ses invitations à temps... puis me réjouis : avec des militants aussi peu dotés du sens de l'organisation, le Front est une baudruche qui se dégonflera vite. Au retour de la soirée, je noterai dans mon journal tenu en catimini de ma logeuse, à la lumière d'une lampe de poche, qu'il ne faut jamais se réjouir trop vite...

Pour l'heure, affectée au service des apéritifs, je verse pastis sur pastis et whisky sur whisky. Personne ne reprend jamais de sangria. Derrière le comptoir, on s'interroge. On ne m'a jamais vue. Qui suis-je ? La sœur d'un tel, la femme de tel autre ? Mais de quelle famille suis-je donc ? Ils insistent, m'apprennent au passage qu'ils sont tous parents ou amis, qu'ils habitent tous le 15e. Laissant les mères à la maison, les pères ont accompagné leurs filles, les frères sont venus en bande. En tout ce soir, une dizaine de foyers sont représentés, presque un clan mais qui m'accueille volontiers :

– Ben ça fait rien que vous êtes seule, comme ça, c'est nous votre famille maintenant. D'ailleurs ça se voit qu'on est en famille, on fait pas de chichis.

Sylvain avait, en effet, prévu de servir les pizzas à table mais chacun préfère venir prendre dans la cuisine ce dont il a besoin. On s'y bouscule, on rit parce qu'on vient de renverser une bouteille d'huile, qu'on glisse et manque de tomber. Aux fourneaux, Didier souffle et transpire : une fournée, une rasade de whisky-coca, une autre fournée, une autre rasade. Ses pizzas remportent un triomphe. Il a soif, c'est la fête. Sur le coup de minuit, enivré de succès, il s'effondre, raide mort.

Les moins de vingt ans sont évidemment majoritaires mais, tandis qu'ils se trémoussent au son du funky, une bonne quinzaine d'adultes, tassés au fond de la salle, font sauter les bouchons de champagne. Parmi ces pères, qui prétendent jouer les chaperons de leurs filles, trois militants de la section : Durand, Takis et Roland qui, toutes les demi-heures, vient chercher une nouvelle bouteille dans le réfrigérateur et, sur le ton de celui qui n'a plus trop ses esprits, dit à Sylvain :

– Oh, hein, heureusement que les vieux sont venus,

avec tout ce qu'on boit on va vous renflouer la soirée...

Bon vivant, Roland repart, sa bouteille sous le bras, et rejoint les autres qui, entre les cadavres, jouissent de la vie. Durand est tellement ivre et heureux qu'il en a les larmes aux yeux. Il espère que le Front organisera encore beaucoup de fêtes comme celle-ci. Les autres l'approuvent, ils ont besoin de s'amuser, de rompre avec leur vie monotone. Il n'y a rien pour se divertir dans le quartier. Le Front est bienvenu qui comble ce manque.

Autrefois, sur Marseille, les associations laïques de gauche proposaient des loisirs divers. Ce réseau a aujourd'hui disparu, les lepénistes tissent le leur. Pourtant, les jeunes couples enlacés sur la piste de danse ne semblent guère se soucier de politique. Militante modèle, je m'en étonne :

– Mais ça fait rien, me dit Roland, parce que, tu comprends, quand ils voient qu'au Front on s'amuse si bien, après ils adhèrent et même s'ils adhèrent pas, ils votent.

Et de tonner à la cantonade, déjà sûr du succès de cette tactique :

– Allez, champagne pour tout le monde!

Le lendemain, c'est gueule de bois pour tout le monde et corvée de nettoyage pour les militants dévoués du FN. Le FNJ confirme en effet son inexistence dès qu'il ne s'agit plus de s'amuser. Sylvain ne serait pas là si son père et sa sœur aînée qui l'accompagnent ne l'avaient tiré du lit. La salle au sous-sol de l'hôtel est redevenue glaciale. Roland est pâle et chiffonné; Durand n'a pas l'air plus frais mais Takis est impeccable comme tous les jours de repos. S'il ne faisait le salissant métier de maçon, il serait en costume et en cravate toute la semaine!

Les langues ont beau être pâteuses, elles se délient rapidement. Le père de Sylvain, Caron, raconte avec fougue le Droit de réponse de la veille, l'émission de Michel Polac. Durand éructe en entendant ce nom. Il se demande pourquoi « personne ne l'a encore flingué celui-là ».

– Pourtant, insinue-t-il, on a tout ce qu'il faut au Front.

La phrase suscite une association d'idées chez Takis. Il repense à l'« embrouille » qui a perturbé le début de la fête. Le hasard a voulu qu'il fût au cœur de l'action : la veille, en arrivant, il est allé saluer le patron de l'hôtel qu'il a découvert aux prises avec trois racketteurs.

– Ah c'est ça, alors, l'interrompt Sylvain, c'était un braquage. Moi je croyais que c'était contre le Front!

Autour de Takis, les autres forment un cercle, lui demandent de tout raconter. Il n'omet aucun détail, et, trop heureux d'avoir été le témoin privilégié de pareille aventure, se met à romancer :

– Si j'avais su ce qui allait m'arriver, je venais à l'hôtel avec mon calibre et je tirais dans le tas. Ç'aurait été rien que de la légitime défense. Après, avec le patron, on arrangeait tout, on leur mettait mon calibre dans la main, on faisait croire qu'ils s'étaient tués entre eux. La police elle pouvait rien dire.

Sylvie, la sœur de Sylvain, qui, depuis quelques minutes, l'écoute l'air de ne pas s'en laisser conter, se décide à le moucher :

– En attendant, vous n'avez rien fait, vous avez laissé partir les mecs.

– Et comment j'aurais fait, hein, puisque je vous dis que j'avais pas mon arme. Oh, puis, dites, après tout, c'est pas mes affaires, moi tout ça.

La jeune femme éclate d'un rire grinçant. Takis est

comme tous les hommes du Front : il parle beaucoup et agit peu.

Je voudrais la croire : hier soir, Roland évoquait quatre Arabes auxquels il aurait volontiers troué la peau :

– Quatre de moins! Qu'est-ce que tu risques de toute façon? Souviens-toi, celui-là qui en avait chopé un, tu sais, il a pris six mois. Qu'est-ce que c'est six mois, même un an? Rien.

De toutes mes forces, je voudrais croire Sylvie... Mais Roland, Takis, Albert et d'autres s'entraînent régulièrement dans un stand de tir. Et si un jour, lassés d'exécuter les immigrés à coups de mots, ils laissaient partir le coup de feu...

Une semaine plus tard, Sylvain passe au local pour fournir le bilan financier de sa fête. Une fois de plus, c'est en coup de vent. Il a une consultation de voyance tout de suite après... parce qu'évidemment le Silvan astrologue et médium dont j'ai la carte dans mon portefeuille, c'est lui. Je le tiens de Roland qui trouve cette activité stupide. Le jeune homme annonce que, tous frais payés, il reste 800 francs. Roland lui décoche un regard noir : C'est maigre! Il n'aime pas Sylvain qui est selon lui trop timide, trop peu causant et ne boit pas assez... Les vrais militants sont, comme lui, des bavards, des piliers de comptoir, capables à la veille d'un scrutin d'engranger les voix qui feront la victoire. Il le laisse s'enfuir sans le saluer, puis nous adresse le compte rendu d'une réunion dont il revient. Une fois par trimestre, les responsables de toutes les sections de la ville se retrouvent au siège de la fédération.

– Bon alors, ils vont tous faire des fêtes. Y en a même un dans le 8ᵉ, il va faire payer 140 francs par tête pour un bal masqué. Ils s'en font pas, hein?

Il fait passer les tracts annonciateurs des réjouissances. Finies les boîtes de nuit : si je le souhaite, le Front m'amuse tous les samedis soir. A l'est, au nord, au sud de Marseille, en banlieue ou dans les villes alentour, avalanche de soirées dansantes. C'est à qui réussira le mieux, attirera le plus de sympathisants. D'une section à l'autre, les militants se grisent de la même chansonnette satisfaite, taxant les autres de « bourgeois » qui les traitent en retour de « marioles ». Les quartiers nord aussi sont en guerre. Roland me déconseille de participer à la fête du 16e arrondissement. Le ton est sans réplique : c'est même un ordre.

Sur ces entrefaites, Caron fait irruption dans le local. Voilà des semaines qu'il n'y a mis les pieds. Sa petite entreprise familiale de nettoyage absorbe tout son temps. Avec sa femme et ses deux enfants, il passe l'aspirateur industriel dans les bureaux et magasins dès 4 heures du matin, et fait ses comptes l'après-midi. Auparavant, il était militaire, il en a conservé le franc-parler :

– Bonjour mademoiselle, salut les petits gars, salut ma loute, lance-t-il enfin à Dewaert, pour lequel il manifeste une affection particulière. Tous les deux ont « fait l'Indo ».

Puis Caron explose, et nous explique ce qui l'amène : il ne peut plus « voir les militants du 16e en peinture ». Ceux-ci ont invité, sans même l'en informer, un député à faire une visite de quartier. Il est hors de lui... Théoriquement, toute initiative de ce type doit passer entre ses mains puisqu'il a été nommé responsable des quartiers nord pour faire le lien entre les trois chefs d'arrondissement et les députés.

– Alors c'est simple, moi, si on me court-circuite, je démissionne. Je n'ai jamais travaillé pour les titres mais je veux pas qu'on me prenne pour un paillasson non plus.

– Fais pas ça, malheureux, tonne aussitôt Dewaert. Le 16ᵉ, ils attendent que ça. Si tu démissionnes, machin dans le 16ᵉ, il va prendre ta place dans les quarante-huit heures.

La permanence de la rue Le Chatelier est la première à avoir été ouverte dans les quartiers nord. Roland, Dewaert, Alessandro, tous se considèrent comme des pères fondateurs et supportent mal la concurrence des nouveaux. La section du 16ᵉ, inaugurée en 1986, a beau ne compter encore qu'une vingtaine d'adhérents, ils s'imaginent qu'elle leur fait de l'ombre. Une heure durant, mes compagnons tentent de convaincre Caron de revenir sur sa décision. Mais celui-ci, vexé au plus profond, fait la sourde oreille à tout argument et finit même par décrocher le téléphone pour prévenir immédiatement la fédération.

Roland se lève aussitôt, me saisit par la manche, et m'entraîne dans la pièce voisine. Quelle mouche le pique ? Veut-il m'empêcher d'assister au coup de fil ? Il insiste :

– Viens, viens, euh, qu'est-ce que je veux dire, euh, tu t'y connais en orthographe ?

Une fois dans l'autre pièce, il me tend un tract imprimé et me demande de repérer les erreurs qu'il a su voir. Mais qu'est-ce qui lui prend ? Un besoin subit de tester mes talents de secrétaire ? Il a déjà, en effet, évoqué la possibilité de me nommer au bureau de la section, ce qui prouve le peu de cas qu'il fait de mes responsabilités au FNJ.

J'ai beau lire et relire, je ne trouve aucune faute. Agacé il me montre alors une phrase, « le nombre est limité », et, sûr de lui, m'assène :

– Nombre, ça prend un s et limité, un e.

Je reste sidérée, et le laisse rejoindre les autres,

tandis que j'essaie d'effacer la légère trace de cambouis que sa main a laissée sur ma veste. J'ignore encore son métier, mais à ses doigts éternellement noirs, j'imagine qu'il passe son temps dans les moteurs de voitures. De l'autre côté, Caron vient de raccrocher et fait signe qu'il est temps de lever le camp.

La voix d'Alessandro tombe sèche comme une guillotine, il n'apprécie pas qu'un démissionnaire se permette de donner des ordres :

– Il n'est pas 19 heures encore.

Pour montrer dignement l'exemple, il reste assis en dépit du froid de février qui l'oblige à se frotter les avant-bras. Tout le monde se rassied. Roland a alors une idée pour occuper les dernières minutes :

– Bon, bé, tiens, puisque tout le monde parle de fête, si nous aussi on en faisait une ? Ça serait bien de faire ça après la venue de Le Pen en avril.

Je bous, réussis à ne pas exploser. J'en ai assez de leurs fêtes, de leur gentillesse... J'ai beau, depuis que je les sais empêtrés dans les difficultés de la vie, les appeler mes chers vieux aigris, ce soir, j'ai envie de les blesser. Je leur demande s'ils savent faire autre chose que s'amuser, s'il leur arrive de militer sérieusement, de coller des affiches par exemple. Le sourire ironique peut-être, triomphant surtout, Roland se tourne vers moi et la bouche en cœur :

– Afficher, nous ? Mais on n'a pas besoin d'afficher. Tout le monde est pour Le Pen.

Je hausse les épaules. Je n'aurais pas dû.

IV

À QUOI ÇA SERT QU'ON VOTE ?

Voici près de deux mois que je vis à Sarcelles-sous-Mistral et je ne suis toujours pas habituée à cette succession de cités, de terrains vagues et de vieux villages qui résume les quartiers nord. Pas un seul cinéma à la ronde, l'ennui me gagne. Il y a bien le théâtre du Merlan qui jouxte l'hypermarché à deux kilomètres d'ici. Mais cette belle œuvre de décentralisation culturelle, personne autour de moi ne la fréquente. Je n'ose pas me singulariser.

Si je m'écoutais, je descendrais bien au centre ville pour y passer mes soirées. Seulement tous me le déconseillent, « en bas c'est Chicago », et chez nous, dans notre quartier, « ce sera bientôt Harlem ». Mieux vaut rester devant le poste de télévision. Et le souvenir d'un père de famille, tué en octobre 1986 dans une salle de cinéma à coups de couteau par des excités auxquels il avait simplement demandé de se taire et de se calmer pendant le film, n'est pas pour les faire changer d'avis. Je descends malgré tout une ou deux fois, mais, passé 21 h 15, les bus sont trop rares et les temps d'attente mortellement longs.

J'y renonce et me retrouve coulée dans le béton comme tout le monde. Je passe désormais mon temps à monter et descendre en ascenseur, parce que je saisis tous les prétextes pour échapper à l'appartement. J'y croise les autres inactifs de la cité.

Ce matin, j'ai une fois de plus sauté sur l'occasion de mettre le nez dehors. Mme J. m'a expédiée retirer les colis de nourriture que l'aide sociale lui accorde chaque mois. Gaëlle a refusé d'y aller, transie de honte à l'idée que ses copines pourraient la voir et la traiter d'assistée. Une violente bourrasque me bouscule au sortir de la cage d'escalier, je m'arc-boute. Au loin, d'autres silhouettes cassées en deux luttent contre ce vent maudit. C'est un jour à pester contre les constructeurs de HLM : à croire qu'ils ont fait exprès d'aménager, entre les barres de béton, ces couloirs de courants d'air où le mistral s'engouffre en rafales et tourbillonne comme un chien fou.

L'annexe de l'assistance sociale est à cinq cents mètres, dans ce qui reste du village de Saint-Joseph. Quatre ou cinq maisonnettes s'alignent sagement le long de la rue Coxe qui, aujourd'hui, ressemble plutôt à une avenue. Une librairie, une pharmacie, une boulangerie et un bar-tabac occupent leur rez-de-chaussée. Sur le trottoir d'en face, la cité de la Maurelette dresse les sept étages de son premier bloc. C'est le centre actif du quartier.

Au guichet de l'annexe, une demi-douzaine de femmes immigrées, indifférentes aux enfants qui s'accrochent à leurs basques, écoutent l'altercation qui oppose l'une des leurs à l'assistante sociale. L'affaire semble bien embrouillée. L'assistante renvoie la femme vers un bureau dont celle-ci dit sortir, et ce dialogue de sourds doit déjà durer depuis longtemps. Soudain, l'assistante m'aperçoit et souriant à la blancheur Persil de mon visage me demande ce que je désire. Choquée, je lui rétorque : « Attendre mon tour comme tout le monde ». Elle en perd le sourire. Moi aussi. Refusant d'avoir un passe-droit lié à ma couleur, j'attendrai, mais, aussitôt sortie de ce bureau, c'est décidé, j'userai du privilège de l'argent, je prendrai un train. Ce soir, je dormirai loin de cet étouffoir, chez moi, à Paris, dans ma peau.

Deux jours plus tard, quand le TGV me dépose à la gare Saint-Charles, le journal m'apprend que mon quartier Saint-Joseph est en état de choc. Le patron du bar-tabac, Alain Pantikian, un Arménien, a été abattu par deux braqueurs qui ont filé avec la caisse. Son petit garçon, touché lui aussi, est à l'hôpital. Le crime remonte à trois jours. Le journaliste du *Provençal,* le quotidien local de tendance socialiste, explique que la presse n'en a pas parlé plus tôt pour éviter une « flambée de colère des proches et des amis ».

Le soir, comme je ne veux rien perdre des remous que l'événement ne va pas manquer de provoquer chez les militants du Front, j'arrive très en avance à la permanence. L'un après l'autre, ils poussent la porte, comme si de rien n'était. Roland d'abord, affairé : il a des tonnes de lettres à rédiger. Dewaert, le trésorier, obsédé par la perte d'un relevé bancaire. Puis Rezzi, le taciturne. Je m'attends à ce qu'il lâche son traditionnel « Rallumez les fours » avec plus de violence que de coutume. Mais lui non plus ne dit mot de l'affaire. Le battant grince à nouveau sur ses gonds. Albert, le boucher, entre, *Minute* sous le bras, et s'affale sur une chaise.

Voilà qui est tout de même extraordinaire. Ce crime pourrait être la preuve par neuf de l'insécurité qu'ils ne cessent de dénoncer, et ils ne réagissent pas! D'habitude, une cabine téléphonique en panne leur suffit pour déblatérer contre le gouvernement et vouer aux gémonies les Arabes et la planète entière! Au bout d'une demi-heure, enfin, Albert, très détaché, demande si quelqu'un a une idée de ce qui s'est passé au bar de Saint-Joseph. Sur le même ton, Roland lui répond :

– Ben, tu comprends, maintenant, les gens en ont marre et y en a qui veulent sanctionner ceux qui font des trucs antifrançais...

Pour lui, tout commerçant qui accepte de servir les immigrés et les beurs est antifrançais et, coupable, mérite la mort. Évidemment, le patron du bar est de ceux-là. Albert grimace, il n'est pas satisfait :

– C'était qui le patron, on le connaît ?

– Y en avait deux qui étaient associés, rétorque Roland. Alain qui était arménien et un Juif. C'est l'Arménien qui a tout pris, il aurait mieux valu que ce soit l'autre, ajoute-t-il en ricanant, l'air faussement gêné.

Rezzi marmonne : « Faut rallumer les fours. » Stupeur, pour une fois, quelqu'un réagit : le gentil boucher, qui se met à ricaner aussi. Dewaert semble avoir envie de changer de sujet. Il conclut, en haussant les épaules :

– Bah, devait y avoir des magouilles dans ce bar, t'en connais beaucoup, toi, des bars propres dans le quartier ?

La conversation retombe. La victime de ce crime n'était pas parfaite. Elle avait des clients arabes. Ils ne la pleureront pas. Dewaert se plonge dans la lecture du *Minute* apporté par Albert et y trouve un thème de discussion plus intéressant : les dernières initiatives d'Harlem Désir, le leader de SOS-Racisme. Une séance de délire ordinaire s'annonce. Quelqu'un soupire, dit que les Allemands ont de la chance de ne pas avoir d'Arabes, Roland explose : « L'Allemagne, c'est pourri comme la France. Il y a même des Turcs, il y aurait même un journaliste qui se serait déguisé en Turc. » L'histoire de Günter Wallraff lui est parvenue aux oreilles : Wallraff est un abominable salaud. Je ne peux m'empêcher de penser : et moi, une salope. Soudain, la sonnerie du téléphone le coupe. Il décroche. A sa mine, les autres comprennent de suite qu'une huile parle au bout du fil.

Sérieux, Roland acquiesce de temps à autre. Autour de la table, chacun retient son souffle. Il raccroche au bout de dix minutes.

– Bon, manif pour tout le monde, mercredi à 17 heures, devant le bar. Il faut téléphoner aux gens, d'accord ?

Rappel à l'ordre : Arménien ou pas, la direction de la fédération et les élus s'en moquent; un crime, c'est toujours bon à prendre.

Au même moment, Alessandro, pour une fois en retard, s'installe en grognant. Il habite juste en face du bar, dans la cité de la Maurelette. Loi de proximité oblige, il vit avec l'affaire depuis trois jours. Et il n'a pas quitté son téléphone, croyant que les dirigeants du Front l'appelleraient pour lui demander des renseignements sur la victime et ses agresseurs. Alessandro est en effet membre de la DPS, le département « Défense, protection et sécurité », le service d'ordre du parti. A ce titre, il participe à l'encadrement des manifestations mais a également mission de surveiller son quartier. Il appelle cela faire de la vigilance. Il voudrait établir des fiches sur tous les délinquants et les beurs un peu politisés des alentours. Heureusement, il n'en a pas le temps.

Pour l'heure, il fulmine :

– Vous savez à qui ils ont demandé les renseignements ? A l'autre, là, qui tient un garage là-haut, mais qu'est-ce qu'il y connaît lui de Saint-Joseph ? Rien !

L'homme dont il parle habite en effet très loin du bar-tabac, à... 800 mètres et, surtout, a le tort de ne jamais venir à la permanence et de n'avoir aucune responsabilité...

– Parce que c'est moi qui suis chargé de la vigilance. Et c'est moi qui sais que c'est pas un mec du Front qui a été tué. Bon, ça me fait de la peine pour l'Arménien et son minot, mais c'est pas le Front.

Alessandro continue un long moment de bougonner contre cette hiérarchie qui le néglige, mais plus personne ne l'écoute. Roland a profité du coup de fil de son supérieur pour poser une question qui passionne ses compagnons : l'éventuel remaniement géographique des sections. Le bruit court qu'Arrighi, candidat probable au fauteuil de maire, souhaite remodeler les sections du Front et les calquer sur les secteurs, c'est-à-dire les circonscriptions électorales des municipales.

La victime ne refait surface qu'au moment du départ. Albert se hasarde alors à poser une nouvelle question :

– Dites les gars, à la manif de Saint-Joseph, on y va avec les... ? Il achève en silence, en mimant un coup de bâton.

– Oui, rétorque Roland, pas avec les couteaux mais avec... (même geste), ça oui.

– Tu crois qu'il pourrait y avoir... ? Albert n'ose être plus explicite mais Alessandro a compris le non-dit et réagit au quart de tour :

– Non mais, moi ça fait trois jours que je regarde, il n'y en a plus d'Arabes. Pas un seul, ils osent plus sortir. Ils ont peur.

Le soir, Pascal que j'ai au bout du fil affirme qu'à sa section du centre ville, on ne lui a parlé de rien. En outre, 17 heures cela semble tôt pour un début de manifestation. Les gens sont encore au travail, lui-même n'aura pas fini sur son chantier. Il ne peut vraiment pas promettre d'être au rendez-vous. En raccrochant, je suis persuadée que la manifestation du surlendemain sera un échec. Chacun aura trouvé une bonne raison de ne pas descendre dans la rue.

Le mercredi en début d'après-midi, en voyant le temps, je continue de me rassurer. Le ciel se met à faire grise mine, à pleurer doucement sur Saint-Joseph. Il fait froid. La pluie fine est pénétrante. C'est ma première manifestation sécuritaire et j'ai honte. Et puis j'habite à deux pas. Ce tabac est le plus proche de la cité. Souvent, Gaëlle, la petite-fille de ma logeuse, vient y chercher le paquet de blondes qu'elle fume déjà en une semaine. Si elle venait à passer maintenant, si elle allait ensuite tout raconter à sa grand-mère ? Madame J. a beau être raciste, elle n'aime vraiment pas le Front. Depuis quelques jours, elle me soupçonne d'y être. Rien n'est dit et nous ne discutons jamais politique mais elle me brime : j'ai moins de pâtes dans mon assiette, elle me tance d'un regard mauvais dès que je veux prendre une douche chaude. L'eau chaude coûte cher, certes; et j'aime qu'elle me combatte, mais je préférerais qu'elle m'attaque plus directement.

Vers 17 heures, je me dirige vers le point de rassemblement en me cachant derrière mon parapluie. Arrivée en vue du bar, la honte cède le pas à la mauvaise surprise : plus de cent personnes battent déjà le pavé. Le peu d'enthousiasme des lepénistes du 15e m'a fait oublier l'essentiel : l'insécurité est un thème porteur. Pour ameuter tout ce monde, un petit encart dans *Le Méridional* d'hier a suffi. L'appel était signé par le Syndicat des limonadiers et des débitants de tabac et par l'Association de défense des quartiers nord, un autre paravent du Front qui, comme l'association Culture française, existe surtout sur le papier.

Les militants de la section se sont endimanchés. Roland a lavé le cambouis de ses mains et s'est rasé de si près qu'il s'est écorché. Takis le maçon a troqué le bleu de travail chinois, qu'il endosse sur les chantiers, contre un veston beige au revers duquel est agrafée une petite flamme de plastique bleu-blanc-rouge. Albert le boucher est là, mais les mains dans les poches et apparemment sans les... (geste de coup de bâton).

Tout ce monde se tasse contre le rideau baissé du lieu du crime. L'auvent remonté offre un bien maigre abri contre la pluie. Des badauds que la curiosité rend courageux sont massés de l'autre côté de la rue, sur le petit parking de la cité. L'ambiance est au recueillement. Un seul député est pour l'instant arrivé. C'est Pascal Arrighi. Autour de lui, on murmure : c'est à ces petits riens qu'on reconnaît la qualité d'un élu et Roussel, qui arrive toujours en retard, ferait bien d'en prendre de la graine s'il veut gagner en charisme. De son bob écossais, couvre-chef exotique à Marseille, Arrighi domine les casquettes plates qui l'entourent religieusement. Roland et Dewaert lui posent la question qui les obsède : va-t-on, oui ou non, remanier la géographie des sections ?

Hautain, le député leur répond qu'ils n'ont pas de souci à se faire, puis comme s'il changeait de sujet :

– Que les gens de toute façon ne se fassent pas d'illusions ! Ce n'est pas parce qu'ils seront dans une section qu'ils seront forcément élus.

La phrase est cassante. Les municipales sont encore loin mais déchirent déjà le Front des Bouches-du-Rhône. D'un côté, Arrighi qui convoite la mairie, de l'autre Ronald Perdomo qui préférerait Le Pen comme candidat. La bataille fait tellement rage que, d'ici quelques mois, la fédération sera coupée en deux, Arrighi prenant en charge la ville de Marseille, Perdomo le reste du département.

En attendant, le rassemblement a encore gonflé. Il y a maintenant deux cents personnes devant le bar. Le troisième âge tient le haut du pavé. Une dizaine de femmes seulement se sont déplacées. Leurs manteaux de laine évasés camouflent mal des hanches gonflées par le temps.

Un vieillard tombe dans les bras de Jo Tramoni ! Jo Tramoni est une célébrité locale, un chef de clan dans le 14e. Ancien RPR, il a récemment rallié le FN avec sa suite. Il a du bagou, de la personnalité. Quand le Front national affiche, consciencieux et, peut-être, mégalomane, Jo signe chaque collage d'un bandeau à son nom. Histoire de ne pas se faire oublier. On l'aime ou on le déteste mais on ne peut pas l'ignorer. Aussi est-ce avec envie que quelques paires d'yeux contemplent le grand-père que Tramoni continue de flatter.

Sans reconnaître personne, des militants du centre ville errent sur la chaussée. L'un d'eux, en venant dans les quartiers nord, a dû croire qu'il se rendait dans les maquis algériens : on aperçoit un pistolet à travers l'étoffe de son sac de sport. Dédé Lambert, une autre sommité, honore également le quartier de sa présence. Sur le Vieux-Port, la devanture de son bar est recouverte de slogans de Le Pen et c'est à son comptoir que l'on s'informe des dernières nouvelles du Front. Pascal, comme prévu, n'est pas venu.

Nous bavardons, en attendant les députés en retard. Alessandro nous prend en photo. Soudain, se faufilant entre les gouttes d'eau, une ombre maigre et noire parvient jusqu'à nous. L'œil fuyant comme une anguille, le cheveu rare, l'ombre a un aspect maladif et distribue des tracts en faveur de la peine de mort « seule sanction dissuasive pour les criminels ». C'est Rambla. Il a perdu une enfant, violée et assassinée voici douze ans. Un homme a été guillotiné, qui n'était peut-être pas coupable. La télévision a mille fois recraché le drame de cette exécution. Un livre, *Le Pull-over rouge* de Gilles Perrault, puis un film, ont entretenu l'horrible doute, et Rambla, persuadé que le monde avait oublié son enfant, a adhéré à la Ligue contre le crime qu'il représente désormais sur Marseille.

Mais le malheur ne se partage pas et c'est machinalement que badauds et manifestants saisissent le tract tendu.

– Ah tiens, s'exclame Albert d'un ton badin, j'adhérerais bien à cette Ligue.

Il fourre le papier dans sa poche et sans plus y penser, reprend avec véhémence sa discussion sur le dernier Minitel qu' « ils » ont cassé à la poste en face de chez lui. L'ombre disparaît entre les casquettes, oubliée comme la victime du bar-tabac.

Un second député arrive, c'est Ronald Perdomo. Son pantalon est trop court et sa veste remonte dans le bas de son dos. Sur son passage, on murmure aussi, mais pour lui reprocher son manque d'élégance, par opposition à Pascal Arrighi qui, lui, sait s'habiller et qui n'a pas eu non plus la drôle d'idée d'épouser... Je me détourne, je connais la rengaine. Il est 17 h 20. Les élus décident de ne plus attendre les retardataires. Deux gerbes de fleurs sont déposées vite fait au pied du rideau baissé. Arrighi, en panne d'inspiration, propose une minute de silence. La minute est bâclée en trente secondes. La presse prend quelques clichés.

Les élus rangent leurs écharpes. Gabriel Domenech et Jean Roussel arrivent à temps pour la dernière photo. C'est fini.

Mais comme la pluie a cessé, chacun s'attarde à bavarder un peu. Deux femmes, l'une noire, l'autre blanche, accrochent mon regard. Je m'approche. Leurs paroles butent les unes contre les autres : elles ne s'écoutent pas. La première a l'accent créole. Elle habite le centre ville et s'exprime vite et bien. Elle a la peau noire; elle est raciste... L'autre, madame Riquet, habite à deux pas, dans la partie de Saint-Joseph qui dépend du 14ᵉ. De là où nous sommes, nous apercevons d'ailleurs sa résidence qui ressemble à peine à une HLM améliorée. L'air borné, elle répète :

– Il faut qu'on bouge, qu'on soit plus actif, il faut que les femmes aussi s'y mettent.

– Ah, je suis bien d'accord, vous savez les députés se couchent à 3 heures du matin.

Madame Riquet s'en moque et poursuit son idée :

– Il faut qu'on voie qu'il y a des femmes au Front.

Toutes deux ont leur carte mais ignorent l'adresse de leur section. Madame Riquet croit savoir qu'il n'y a pas de permanence dans le 14ᵉ. Elle a raison : les six sections présentes à Marseille ne recouvrent pas la totalité des seize arrondissements.

Elles s'interrompent, un vent d'électricité vient de passer sur la rue. Les magasins autour du tabac ont baissé le rideau. Le rassemblement déborde des trottoirs, compte 500 personnes et les femmes sont maintenant à égalité avec les hommes. Silencieuses, tendues, elles sont arrivées sans se faire remarquer. Elles ont les traits tirés et la racine de leurs cheveux blond platine est souvent noire. Quelques-unes, les mains baguées de pacotille, ressemblent à des employées de bureau.

Il est 17 h 25, un premier bus renonce à poursuivre sa route, ses passagers se fondent dans la foule. Une rumeur sourde envahit le bitume.

Une demi-douzaine de jeunes gens, arrivés eux aussi sans bruit, se démarquent. Bonnets de marins enfoncés jusqu'aux yeux, rangers aux pieds, ils se dirigent vers le carrefour en aval du tabac pour y bloquer les voitures. Le cri d'une toute jeune fille fuse alors comme un éclair :

– On n'a qu'à y aller aussi, on va pas rester là à se croiser les bras.

Le temps d'un clignement de paupières et le quartier se retrouve barré en trois endroits. En aval du tabac, les jeunes gens sont rejoints par un groupe de retraités. Le cordon qui s'étire entre le bar et la cité de la Maurelette est le plus important, les hommes et les femmes y échangent des regards éberlués. Ils n'en reviennent pas encore d'avoir pris pareille initiative. Cinquante mètres plus haut, sur la grande avenue, les manifestants se tiennent en chaîne en prévision du flot de voitures qui ne va pas tarder à déboucher. C'est l'heure de sortie des bureaux; les parkings des HLM vont bientôt se repeupler.

Sur les trottoirs, un homme droit comme un i, ameute les indécis. Il a la prestance et le bagou d'un meneur naturel.

– Ne parlons pas de racisme mais de justice. Quand il y a un Arabe qui a été tué, c'est la Canebière qu' « ils » ont occupée. Alors nous, qu'on nous laisse la rue aussi. Ce n'est que justice.

Dans son sillage, un homme famélique joue les mouches du coche. Son pantalon de Tergal trop large, ses pattes d'éléphant démodées lui donnent l'allure d'un chômeur de longue durée, client obligé des organismes de charité :

– Allez, allez, me dit-il, descendez vous aussi!

D'un sourire, je refuse d'obtempérer; il me lance, dragueur :

– Ah, c'est dommage, j'aurais bien resté avec vous, mais je peux pas.

Puis, me tirant une brève révérence, il s'en va rejoindre d'autres groupes, de l'air d'un général heureux que de grandes responsabilités requièrent sur le terrain...

Dix bus sont maintenant bloqués. Une sirène de police retentit; c'est un break bleu-blanc-rouge qui se gare tout près, Roland passe précipitamment devant moi entraînant Takis. Ils s'enfuient et m'ordonnent d'en faire autant : ils ne veulent pas que des militants du Front soient mêlés à ce qui ressemble de plus en plus à une mini-émeute. Sans crier gare, la foule a également laissé partir les députés. Tout ce que le Front compte d'officiels s'est envolé, plantant là les quartiers nord et leur colère après les avoir appelés à manifester. Ils ont semé le vent et disparaissent au moment de la tempête. A nouveau, une voix crie que SOS Racisme, lui, ne se gêne pas pour occuper la rue. Le rassemblement grossit encore, vingt bus sont bloqués. Au barrage de la voie rapide, l'ambiance pourtant reste bon enfant : une vingtaine de personnes suffisent à stopper les voitures. Sages étudiants, braves commerçants expliquent les raisons du blocage aux automobilistes qui, sans broncher, rebroussent alors chemin. Certains même se garent et rejoignent la manifestation.

En face du bar-tabac, les femmes se déchaînent. L'une d'elles agite, hystérique, son immense parapluie couleur de rouille. D'une voix stridente, elle harangue celles qui sont massées autour d'elle :

– Et moi je dis c'est trop tard, on a laissé pourrir la situation, là il n'y a plus rien à faire, moi je le dis c'est foutu.

Elle prend à partie un petit homme qu'elle connaît. C'est un militant lepéniste du 16ᵉ arrondissement, l'un des rares à être resté sur place.

– Ça fait un an que ça dure. A quoi ça sert qu'on vote ? Je veux des résultats moi. Toute la journée je fais de l'informatique et le soir je veux des résultats, si je les ai je suis contente mais qu'est-ce qu'ils font eux, qu'est-ce qu'ils font ? Rien rien rien !

– Elle a raison, ajoute une autre : c'est pas maintenant qu'il faut protester. On a ce qu'on mérite. C'était aux élections qu'il fallait y penser.

La rumeur devient boucan. Une bande de beurs passe à côté du groupe de femmes en maugréant contre l'immobilisation des bus. Je me dis qu'ils n'ont pas froid aux yeux d'oser traverser la manifestation en son point le plus excité. Mais personne ne les voit ni ne les entend, si ce n'est une dame âgée qui les tance :

– Vous avez qu'à prendre le taxi, espèce de fauchés !

Ils disparaissent sans plus d'incidents. D'autres policiers sont arrivés et ces renforts, au lieu de disperser les barrages, obligent d'une main de professionnels les voitures à faire demi-tour. A l'écart, deux d'entre eux, en civil observent le remue-ménage un talkie-walkie à la main.

Autour de la harangueuse, la foule est de plus en plus compacte. Le meneur l'a rejointe.

– Maintenant, c'est nous qu'on doit agir, lance-t-elle tandis que le meneur, comme un écho, rétorque et martèle que le fer doit être battu tant qu'il est chaud.

En fait, le fer est incandescent. Une femme hurle qu'il faut créer une milice de quartier. Un concert d'approbations lui répond, puis une voix s'exclame :

– Oui, mais faut pas le crier sur les toits qu'on va la créer !

Tous sont convaincus : puisque la police n'est pas en mesure de faire la loi, il faut la remplacer. Les femmes attisent le feu, traitent les hommes de moutons qui attendent les ordres d'un chef pour agir, et réalisent alors que les députés ont disparu.

– Bah, ils sont même pas venus, ils ont même pas pris la parole, affirme l'hystérique en tapant d'un coup sec son parapluie sur le bitume.

Le militant du 16e se risque à lui dire que si.

– On les a pas entendus, lui assène-t-elle, ils viennent, ils pensent même pas à prendre un haut-parleur pour mobiliser les gens ; si on mobilise pas les gens, c'est sûr qu'il ne va rien se passer.

Les deux policiers en civil s'approchent – il est 18 h 15 – et demandent si nous avons l'intention d'occuper la chaussée et de nous « amuser encore longtemps comme ça »... Ils n'ont pas le temps de finir, des cris rageurs leur répliquent :

– Non mais, vous entendez ? Ils croient qu'on s'amuse !

– Non mais, comme si on s'amusait, ça nous amuse peut-être d'être là hein...

Le mot du policier met de l'huile sur le feu, toutes les bouches le reprennent, les regards sont ardents, les fronts plissés. Soudain, tombant d'on ne sait où, la volonté de la foule est assenée par une voix forte :

– Les Arabes, ils se privent pas de bloquer les rues, alors, nous aussi, on bloque. Y a pas de raison ! On va bloquer jusqu'à six heures et demie.

Qui a décidé de cette petite rallonge, les policiers, les manifestants ? Impossible de le savoir dans ce brouhaha. Toujours est-il qu'à 18 h 30 précises, les trois barrages éclatent en même temps, les bus reprennent leur descente vers le centre ville. La manifestation se dégraisse rapidement.

Une cinquantaine d'irréductibles se replient cependant vers le trottoir et, sans parvenir à s'y tasser, prennent à partie un commissaire tombé du ciel. Sa présence déchaîne un peu plus les passions. On lui montre le poing. Il ferait mieux de venir quand on a besoin de lui. Quand on appelle au commissariat, les « flics » répondent toujours qu'ils ne peuvent pas se déplacer, qu'ils sont en effectifs réduits. Une femme se met à raconter comment elle a eu le courage de faire ce qu'aucun policier n'aurait fait. Seule et de nuit, elle a osé pénétrer dans une « cité d'Arabes » pour voir si la voiture qu'on lui avait volée ne s'y trouvait pas. C'est le mythe des cités interdites : la rumeur veut que la force publique ne s'exerce plus passé le seuil des HLM où les immigrés sont majoritaires.

La femme est approuvée avec force et plusieurs voix se lamentent :

– De toute façon, même à Saint-Joseph, les flics on les voit jamais. Le libraire à côté du tabac, peuchère, il s'est fait tabasser par des jeunes; soi-disant qu'on les a arrêtés. Tu parles! Deux jours plus tard, ils revenaient nous narguer!

Le commissaire écoute, de l'air mi-méprisant, mi-attentif qu'ont les flics des feuilletons face à des indicateurs.

Quelque chose me fait mal, l'impression que les habitants des quartiers nord ne sont pas entendus, même quand ils hurlent, ou, plus exactement, que leur malaise est incurable. Ils souffrent d'avoir perdu un mode de vie qui ne renaîtra plus. Ils sont malades de la ville. Ici, quand les champignons de béton n'avaient pas encore poussé, les pavillons ocre et roses rythmaient les terrasses des maraîchers. Il en reste quelques-uns derrière le bar-tabac... En cette « belle époque », tout le monde se connaissait. Ce n'était pas encore un âge de pierre, d'indifférence et d'anonymat.

De la nostalgie du vieux monde on glisse à la haine du monde nouveau, qui a charrié dans les HLM tant d'inconnus, tant de boucs émissaires :

– Et d'ailleurs le crime du bar-tabac, ça peut être que les Arabes.

Une meute de faux témoins qui ont tout vu, tout entendu, renchérit :

– Ça peut être qu'eux, ils savent où sont les sous, à chaque fois qu'il y a un cambriolage, vous pouvez être sûrs qu'ils ont repéré avant.

– Ben y a qu'à faire comme eux, on les repère et on les bastonne. La bastonnade y a que ça.

Une femme suggère que c'est encore sur les braves gens que « ça retomberait ». L'argument porte. Alors, saisi d'impuissante rage, on retombe à bras raccourcis sur le commissaire :

– Vous, vous feriez aussi bien de démissionner.

– Et alors, qui ferait respecter l'ordre ? déclare l'homme, qui n'a pas l'air d'avoir écouté les précédents discours.

– Ah ben ça, lui rétorque un chœur improvisé, puisqu'on vous dit que ça changerait rien.

Écœuré, le commissaire se laisse tirer la manche par un collègue qui l'emmène se réfugier dans la voiture banalisée. Personne ne le suit. Au diable la police et, puisqu'elle a le dos tourné, on se met à parler sérieusement.

– Maintenant, il n'y a plus qu'une chose à faire, lance le meneur, c'est la grève des impôts. Mais pas une personne ou deux ! C'est tout le monde qui doit s'y mettre. Et vous verrez s'ils ne vont pas se remuer.

– Oui, oui, moi le premier, je fais la pétition et je la signe et, après, c'est tous les quartiers nord qui s'y mettront et, après, ce sera tout Marseille, puis toute la France.

L'idée est vraiment excellente : c'est sûr que voter ne suffit pas, se répètent tous ces abstentionnistes d'hier. Au dernier scrutin, 35 % des électeurs du 15e ont boudé les urnes et près de 30 % des votants ont choisi Le Pen.

– Alors c'est compris, tous demain on descend à la mairie, c'est ça qu'il faut faire, tous, demain, demain...

Demain... Dans la nuit, les rues désertes alentour, l'écho de ce demain se perd, s'étouffe et s'oublie.

Demain, toute trace de colère aura disparu. Ne restera, à moitié décollée, que l'affichette écrite d'une main malhabile : « Alain, tes amis te vengeront!!! D'accort ? » *(sic)*.

V

LES PLACES SERONT POUR NOUS

Véronique est la seule femme du quartier à passer à la permanence, la seule, l'unique, celle qui fonde Alessandro à proclamer : « Des femmes ma oui, il y en a des tas qui militent. » Beaucoup de temps s'est écoulé avant que nous puissions nous rencontrer : elle venait toujours à la section quand j'étais partie, ou s'était déjà envolée quand j'arrivais.

Elle est née à Saint-Louis, juste derrière le local qu'occupe aujourd'hui le FN. Depuis, elle n'a jamais voyagé que le long de l'axe qui, du nord au sud, traverse l'arrondissement. D'abord l'école au cœur de Saint-Louis, un premier travail 800 mètres plus bas, puis un second deux kilomètres plus haut. L'âge adulte venant, elle a pris son envol et s'est risquée aux limites du quadrilatère natal. Elle travaille maintenant aux abattoirs, à l'extrême sud du quartier, et loue une petite maison à l'extrême nord, déjà sur le territoire de la banlieue.

La maisonnette est vieillotte mais charmante, perchée au sommet d'un monticule d'où elle découvre les principales cités du 15ᵉ, la Bricade, le Plan d'Aou, autant de plaies grises sur la terre rougeâtre des terrains vagues. Au loin, plus au sud, les lumières des docks, la nuit, prodiguent un illusoire éclair de vie au port agonisant.

Sa rue porte un nom curieux : Le Moulin du Diable. Le moulin est probablement sa maison. Accolée à un socle rectangulaire, une mini-tour ronde finit en toit plat contre le ciel. Véronique en est la diablesse. Impétueuse, rauque, elle aspire la vie comme elle tire sur ses gitanes, à larges bouffées profondes, et traite les problèmes comme ses mégots, en les écrasant d'un tour de pouce nerveux et appuyé.

Tous les matins, c'est réveil à 5 heures et direction les abattoirs où elle emballe de la viande découpée. La même rengaine depuis cinq ans, de quoi être épuisée parfois. Elle vient de prendre neuf jours de congé-maladie, pour se faire soigner un furoncle qui traîne depuis trop longtemps.

– Oh y en a marre aussi, ils commencent à me gonfler en bas, il se passe quelque chose, c'est tout pour moi, c'est toujours Véro qui trinque. Y en a marre ! Je me prends une semaine. Et puis si ça leur plaît pas, c'est pareil, mais ça va leur faire drôle, parce que jamais je me suis arrêtée en cinq ans.

Seulement Véronique doit payer pour cette rebuffade. Elle le réalise en lisant sa fiche de paie. Suppression de la prime de rendement, plus décompte pointilleux des jours d'absence égalent 2 288 francs et 22 centimes pour le mois. Reste à espérer que la Sécurité sociale envoie vite ses remboursements. En attendant, elle n'a pas de café à offrir. Elle change de sujet et, s'esclaffant, indique du doigt les fissures mal rebouchées du plafond.

– Oh c'est moi qui ai tout refait ici, ça se voit d'ailleurs... (Nouvel éclat de rire.) T'aurais vu l'état : j'avais rien à l'époque, juste un matelas par terre. Et puis, petit à petit, je me suis tout acheté, mon salon, ma télé. Oh, j'ai pas grand-chose mais l'essentiel, ça oui je l'ai : le Frigidaire et tout.

Elle secoue ses cheveux à la diable, toujours en jean, jamais maquillée. Elle a vingt-quatre ans mais n'est pas une minette. Elle n'est l'esclave de personne et surtout pas du regard des hommes.

Les autres femmes sont des épouses, des mères ou des filles. Elle s'affirme en défiant le qu'en-dira-t-on. Elle partage son toit avec un ami, rien qu'un ami, et se moque bien des gens qui le prennent pour un amant. Julien non plus n'a cure des rumeurs. Il se présente en tirant sur sa moustache bonhomme :

– Bonjour. Moi c'est Julien, flic, sale flic comme on dit.

Véronique votait déjà Le Pen quand Roland lui a demandé de venir au Front national. Elle a tout de suite accepté, c'était une bonne occasion de prouver une fois de plus qu'elle avait du cran :

– Il est trop ce mec! Ça fait longtemps qu'on se connaît. Un jour il vient, il me dit : oh toi de quel parti tu es? Alors moi, je lui réponds : je vote pour le Front. Alors il me fait : ça te dirait de tenir un bureau de vote? Il croyait pas que je le ferais mais je l'ai fait. Mais c'est pas pour ça que j'ai la carte. D'ailleurs, tu sais les cartes y en a qui les ont, mais ça veut rien dire.

A sa gauche le clan des opportunistes, à sa droite celui des dévoués, des cathares en somme, dont chacun estime bien sûr faire partie. A la permanence, les militants se plaignent souvent de ces adhérents qui ne viennent jamais que lorsqu'ils ont un problème. Rampal, le nouvel attaché parlementaire d'Arrighi, se targue également d'être un pur, un homme d'honneur. Il ne cesse de passer au local depuis sa nomination.

La première fois qu'il nous a rendu visite, il est entré en silence, avec au bout du bras son attaché-case. Les lunettes carrées, le costume impeccable et le foulard rouge à fleurs dorées, tout indiquait qu'il s'agissait d'un important personnage. Au milieu de la cacophonie traditionnelle, il a salué chacun à demi-voix, un rien précieux. Lui n'est pas du même monde, lui est l'intercesseur auprès du seigneur Arrighi.

Rampal est venu au Front national parce qu'il croyait y retrouver les idées de sa jeunesse, celles du MRP, les valeurs morales, chrétiennes et nationales :

– Moi, je ne cherchais pas une place, j'en avais une au Centre des démocrates sociaux, j'étais au conseil politique. Je connais du monde, je n'ai pas besoin du Front et, croyez-moi, ce n'est pas facile de quitter un parti.

Qu'Arrighi l'ait rapidement appelé auprès de lui a dû, malgré tout, beaucoup aider à la guérison de ce traumatisme. Petit, Rampal bombe le torse et rougit de suffisance :

– Quand Arrighi m'a proposé ce poste, j'ai réfléchi, mais je ne pouvais pas refuser. Mais croyez-moi, ce n'est pas une sinécure, il y a du travail, je n'arrête pas. Et Arrighi me le dit souvent : ah quel dommage que je ne vous ai pas eu depuis le début!

Tout n'est pas rose, hélas, et parfois on se dévoue pour pas grand-chose, même, disons-le, souvent pour des pas grand-chose. Tel pourrait être le message de Rampal qui, traduit dans la langue de Véronique, donne, froncement de sourcils à l'appui :

– Il y en a qui parlent, qui parlent! Ça pour parler, dis donc, y en a qui sont forts.

Pour être véritablement pur, il faut « en avoir bavé », être marqué par la vie. C'est ainsi qu'on entre dans le cercle de famille. Il ne se passe pas une séance sans que l'un ou l'autre raconte comment il a toujours compté sur ses seules forces pour s'en sortir. Caron fait toujours rire quand il résume ses débuts dans la vie avec sa femme : une voiture pour épater les beaux-parents, la carrière de militaire pour les rassurer, mais pas un sou sur le compte en banque.

Alessandro aussi se confie parfois. Comme il n'est pas premier au hit-parade des bavards, il attend pour se livrer que Dewaert, Caron et Roland soient absents, ce qui arrive très rarement. Un soir, seuls l'entourent le timide Sylvain, le triste Perthier, dont la douleur m'est toujours inconnue, et le taciturne Rezzi.

Ce soir donc, Alessandro se cale sur sa chaise, saisit un stylo puis le tient délicatement entre ses deux index, comme à chaque fois qu'il se prépare à parler sérieusement :

– Tout le monde en bave. Moi, quand je suis arrivé en France j'étais prêt à faire n'importe quoi, même balayer les toilettes, pourquoi, hein, faut bien manger; pourtant mon métier c'est chauffeur. Et, tous les matins, j'étais debout à 5 heures pour lire les petites annonces.

Ailleurs, on juge peut-être les hommes à leurs idées ou à leur portefeuille. Ici, à la permanence, c'est l'heure du réveil qui détermine la qualité d'un individu. Plus on se lève tôt, plus on est travailleur, plus on mérite le respect.

Après un mois de lecture assidue des offres d'emploi, Alessandro est devenu livreur dans une compagnie de transports internationaux. Il n'était pas, hélas! au bout de ses peines.

– Je ne connaissais rien, ni les villes ni les noms de rues et j'osais pas demander pourquoi j'avais peur avec mon accent. La première fois, le patron il m'a envoyé à Lille, je me suis dit en moi-même : ma où c'est ça?

Heureusement, j'ai rencontré un routier qui allait sur Paris, alors je l'ai suivi.

Par chance, Alessandro a ensuite retrouvé un ami avec lequel il avait combattu dans les rangs de l'OAS – détour guerrier par l'Algérie, avant son retour en métropole. Un très bon copain, qui l'embaucha aussitôt dans la société de transports de fonds qu'il venait de créer. Et, en coinçant son stylo entre son nez et sa moustache, de nous expliquer comment il a survécu à tous les braquages grâce à son intelligence et à son sang-froid :

– Ceux qui se font descendre, c'est parce qu'ils sont bêtes. Moi, sur la fin, on m'avait pris pour former les nouveaux. Je leur disais toujours : n'importe quoi vous voyez sur la route, vous ne vous arrêtez pas, même un accident, même un gendarme. Qu'est-ce qui te dit que c'est un vrai gendarme ? Alors, même s'il faut arracher une aile en fonçant dans le tas, tant pis.

En racontant, Alessandro mime bien sûr. Il mime tout, la conduite, la surprise, la voiture qui fonce et le bras d'honneur aux malfrats et, peut-être aussi, aux vrais blessés.

– Et vous aviez des primes ? lui demande Sylvain.

– Ça oui, on avait des primes : on gagnait bien entre 6 000 et 7 000 francs par mois.

Alessandro est fier, il a réussi, il a gagné 2 000 francs de plus que le salaire minimum. Certes, il a risqué sa peau, et deux de ses collègues ont été déchiquetés par une mine magnétique, mais c'est à ce prix qu'il a pu oublier son passé d'immigré...

A la permanence, tous croient que je suis comme eux, prête à gagner ma vie à la sueur de mon front. Je me dis chômeuse et cherche du travail, mais mollement. J'en ai souvent honte d'ailleurs, tant chacun manifeste de sollicitude et s'enquiert de mes démarches. C'est Alessandro, cet Alessandro qui me hérisse avec son allure de Chemise noire mussolinienne, ses tenues sombres, sa petite moustache raide en brosse sur sa lèvre mince, c'est lui qui, un jour, sans que je lui aie jamais rien demandé, me dit :

– Anna, il faut que tu m'excuses... Il se tortille sur sa chaise, prend une mine confuse, et persistant à italianiser mon prénom :

– Anna, j'ai laissé passer une place pour toi. Bon c'est pas ma faute, c'est ma fille, elle m'a prévenu trop tard mais quand même... C'était dans la boîte où elle travaille, ils avaient besoin de quelqu'un pour coller des étiquettes.

Il en est malade. Avant de me l'avouer, il en a même parlé à un autre militant en s'accusant d'être vraiment un « con ». Entre nous, nous étions capables de sentiments...

L'entraide est de règle à la permanence du 15e, mais les militants peuvent également compter sur quelques conseillers régionaux qui se sont mis au service de leurs électeurs en difficulté. Celui-ci, comme André Isoardo, bien introduit auprès des offices de HLM, tente d'accélérer l'accès aux logements sociaux. Tel autre annonce qu'il peut aider les demandeurs d'emploi. Je décide de sonder cette esquisse de réseau clientéliste.

Dès le jour de mon adhésion, rue de Rome, Claude m'a signalé la présence au Conseil régional d'une assistante sociale du Front national. Elle reçoit tous les vendredis après-midi. A l'accueil du Conseil, les hôtesses me répondent d'un ton glacial quand je leur demande de m'indiquer les bureaux du FN. Elles me reçoivent mal, mais leur mépris, en l'occurrence, me réjouit...

L'assistante sociale m'accorde une demi-heure d'entretien et m'aiguille sur un collaborateur des conseillers régionaux. Ce jeune homme me demande de lui envoyer rapidement un curriculum vitae et me prodigue quelques conseils pour l'écrire, de bons conseils, précise-t-il, qu'il tient de l'Institut d'études politiques de Paris dont il sort. Il s'exprime dans un français parfait qui choquerait l'oreille de Véronique et rendrait sourd Dewaert. Dewaert ne comprend pas quand on lui parle trop vite.

Il me suggère de m'inscrire à l'ANPE et de postuler pour un stage de formation. C'est seulement ensuite qu'une élue siégeant à la commission formation professionnelle pourra peut-être m'aider à décrocher un stage en entreprise et défendre mon dossier :

– Il faut que je vous dise que nos élus n'aiment pas trop « pistonner » comme on dit, mais enfin un cas semblable au vôtre s'est déjà présenté une fois. Nous avions trouvé une solution, il est possible, sans que je vous donne toute garantie cependant, qu'il y en ait une pour vous aussi.

Je sors soulagée. Somme toute le Front national ne peut et ne veut que me renvoyer vers les réseaux institutionnels. Désirant, malgré tout, tirer sur la corde, je retourne voir l'assistante et lui demande si elle n'a pas, en attendant le stage hypothétique, un emploi à me fournir. Elle n'hésite pas une seconde et me dirige vers un agent d'ANPE qu'elle connaît. Ce n'est pas l'agence du quartier où je réside. Je ne suis inscrite sur aucun registre d'ANPE de France ou de Navarre mais l'ami de l'assistante me reçoit sans s'arrêter à ces détails. Il me trouve rapidement un travail à la mesure des compétences que je lui ai décrites : je sais taper à la machine mais ne possède aucun diplôme de dactylographie. La place de secrétariat à temps partiel qu'il me propose est immédiatement libre. Cela dit, si je trouve le salaire trop faible, si je préfère être employée à plein temps, je peux revenir le voir. Il m'y invite, se fait même insistant parce que, dit-il, d'ici peu, il aura mieux à m'offrir.

En sortant de ce fructueux entretien, la phrase de Le Pen « Je préfère mes filles à mes nièces » me revient en mémoire. Dans la foulée, je me dis que son slogan « Préférence nationale » pourrait bien signifier non pas priorité d'emploi aux Français – ce qui est déjà bien exclusif – mais aux lepénistes. Je n'ai même pas encore reçu ma carte du Front, personne ne me connaît vraiment, et malgré cela, j'aurais pu travailler dès le lendemain si je n'avais inventé un fallacieux prétexte pour laisser la place aux chômeurs dûment enregistrés.

Les élus du Front cependant ne sont pas débordés par les demandes d'embauche. La plupart des adhérents ignorent que leur parti est ainsi disposé à les aider. A la permanence du 15e, personne ne connaît l'assistante sociale du Conseil. De toute façon, rares sont ceux qui feraient la même démarche que moi. Les jeunes que j'ai rencontrés ne se bercent guère d'illusions. Ils connaissent l'ampleur du chômage et devinent les limites de ceux qui prétendent leur trouver du travail.

Quand ils ont la chance d'avoir un père petit patron, ils s'activent, sans rechigner, à la bonne marche de l'affaire familiale. Les autres disent souvent qu'ils vont monter une association de chômeurs, puis rebutés par l'ampleur de la tâche se mettent à rêver d'entrer dans la Fonction publique. Véronique se dit parfois :

– Je ferais bien aubergine, seulement mon problème, c'est la grammaire, le français je suis fâchée avec.

On tente beaucoup les concours de la police.

Claude le timide réussit celui de gardien et part en stage, d'autres jeunes chômeurs longue durée racontent comment ils y ont échoué en dépit de la demande de « piston » qu'ils avaient formulée auprès d'Arrighi. Ils sont corses et attendent beaucoup du député compatriote.

Les jours s'écoulent, et le présent se décline sans espoir. Quand, incongrue, passe devant nos yeux la vision d'autres vies possibles, comme celles du feuilleton *Dallas,* Véronique, songeuse devant son petit écran, exprime alors son solide sens des réalités :

– Oh ça, c'est encore un monde qui existe pas. Et puis, ils sont pleins de sous, et toujours là à s'arracher les uns les autres, à se bouffer.

Tout le monde attend. Les jeunes, les vieux, les artisans, les chômeurs, les ouvriers. On attend, comme on attendrait Godot, qu'Arrighi devienne maire de Marseille. Et on y croit dur comme fer :

– Tu verras quand on aura la mairie, c'est là qu'on viendra travailler. Et pourquoi pas ? C'est normal, on se dévoue, non ?

Phrase clé, répétée des centaines de fois par des centaines de bouches. Mesure par avance de l'immense déception qui régnera au lendemain des municipales de 89 si d'aventure le FN l'emporte : jamais Arrighi ne pourra satisfaire tous ces espoirs. Roland déjà le sait qui répète à ses amis et notamment à Véronique :

– Mais, bon sang, prends ta carte du Front dès maintenant, parce qu'en 1989, ce seront les plus vieux adhérents qui seront servis. Tu ne crois tout de même pas qu'il y aura du boulot pour tout le monde ?

Tous cependant continuent d'imaginer que le monde peut changer de face si leur élu préféré devient le premier magistrat de la cité. La mairie : le mot suffit à libérer tous les rêves.

Rêve de reconnaissance sociale pour l'ancien légionnaire Durand. Économe dans une clinique, il ne manque de rien; mais il souhaite accéder au statut de notable :

– Vous verrez Anne, il nous reste à subir deux ans de sacrifices et, après, les places seront pour nous.

En attendant, il multiplie les témoignages de son nationalisme bon teint, accompagne sa femme à la messe intégriste, se prépare à recevoir Le Pen qui doit venir à Marseille le 4 avril et, pour l'occasion, demande à tout le monde d'être bien habillé : les hommes en costume et les femmes en jupe blanche et blazer bleu. Il ne doute pas : dans deux ans, comme Rampal, il pourra se vanter d'être l'intercesseur auprès d'un grand élu.

Rêve, pour Véronique, de tranquillité, d'un monde sans petit chef, sans contremaître :

– Je vais te dire, Anne, si on m'offre un poste où je suis assise toute la journée et que la paie elle tombe, qu'il y ait du rendement ou pas, ben je dirai pas non.

Parfois, l'image du rêve tremblote, manque de s'estomper sous un regain de lucidité :

– Faut pas qu'on se fasse d'illusions, Anne, même si c'est les quartiers nord qui donnent le plus de voix à Arrighi, je te le dis, une fois qu'il sera élu, les gens des quartiers nord, il ne les connaîtra plus, il fera comme les autres...

Véronique a les intuitions de son milieu. Elle sait l'essentiel. Pourtant la politique n'est pas son fort. Nationalisme, libéralisme, fascisme, sont autant d'ismes qui lui embrouillent l'esprit. Quant à Pasqua, elle aurait juré qu'il était avec Le Pen. De toute façon, elle s'en moque : elle est au Front pour en découdre. Elle en a toujours décousu avec la vie, il lui faut continuer, c'est tout.

Tous disent le Front, et pas seulement pour faire court. En d'autres temps, le Front aurait pu s'appeler autrement, même populaire. C'est Alessandro qui l'a dit un jour. En mon for intérieur, j'ai été la seule étonnée. Roland a eu l'air de ne pas apprécier, mais n'a pas bronché, et les autres ont renchéri :

– C'est sûr, avant y avait le Front popu et maintenant y a le Front, c'est rien que les mentalités qui ont évolué, d'ailleurs, regarde le PC, il arrête pas de baisser.

Que veulent-ils tous ? Que ça change, ni plus ni moins. Comment ?

– Ben déjà, selon Véronique, en foutant les troncs, les bicots, les crouilles à la mer.

En expulsant les Arabes en somme. Et après ?

– Ben après, ce sera Marseille propre, on y verra déjà plus clair. Et ceux qui disent que les Arabes font le travail qu'on veut soi-disant pas faire, c'est des couillons, parce que moi mon frère, il l'a tenu le marteau-piqueur et y a pas de honte à ça.

Personne ne va beaucoup plus loin. Roland a quelques idées de plus, mais il est bien le seul. Il parle d'ordre nouveau. Ordre nouveau ? Le mot est flou, sans histoire pour les jeunes qui ignorent qu'un groupuscule d'extrême droite a naguère porté ce nom. Véronique est persuadée qu'il s'agit tout simplement d'une expression plus élégante que « Marseille propre ».

Peu importe de savoir de quoi demain sera fait, ce qui compte, c'est de se révolter maintenant. C'est si bon de protester, de râler. D'abord, contre l'État. Non pas contre l'idée d'État. A quoi rimerait de s'en prendre à une idée aussi vague ? Il est plus concret, plus violent, plus immédiat de s'en prendre à ses représentants les plus courants, comme la police.

Véronique est en rage parce que sa superbe petite Ford rouge qu'elle vient d'acheter à crédit, après avoir tant trimé, a été volée par – dit-elle – des « bicots ».

– Et la police, vous savez ce qu'elle m'a répondu la police : « Vous savez maintenant, il ne faut plus avoir de voiture ! » Et quoi, merde, on travaille, on se casse le cul pour quoi alors ?

L'ennemi peut également être le Trésor public. Sylvain, qui envisage de s'installer à son compte comme astrologue, pâlit déjà en calculant ce que l'État va prélever sur ses revenus.

– Parce qu'il faut pas se faire des idées fausses, tous les gouvernements, même celui de Chirac, ils sont pour le communisme. C'est du communisme rampant mais c'est du communisme.

Tous enfin accusent les assistantes sociales de non-assistance – c'est un comble – à Français en difficultés.

– Toutes des salopes...

Le mot n'est pas trop fort pour Alessandro qui, après avoir élevé ses neuf enfants et nourri sa belle-mère, s'est vu refuser l'aide médicale gratuite quand celle-ci s'est cassé la clavicule.

– Et vous savez ce qu'elle m'a dit cette pourrie : « Oh mais vous n'êtes pas dans le besoin, monsieur, vous êtes bien meublé. » – « Oui, madame, que je lui ai répondu : ces meubles, c'est moi qui les ai payés, parce que je ne suis pas un clochard moi, madame. » Et ma femme elle l'a prise par le cou et hop dehors. Racaille, va !

Certains soirs, la révolte, la haine, l'envie d'une existence meilleure débordent et charrient des torrents de mots acérés comme des pierres, des pierres pour lyncher. Il faut d'autres ennemis. C'est alors aux riches de trinquer. Aux riches, plutôt qu'aux bourgeois : Roland, le cadre politique, interdit l'emploi de ce mot qu'il juge « communiste ». Ces soirs-là, tous ceux dont on croit la vie facile se retrouvent au banc des accusés. Les journalistes, ces hommes et femmes cathodiques qui apparaissent tous les soirs sur le téléviseur et qui gagnent des milliards – pas moins – sont au premier plan... Petit jeu de massacre au cours duquel de vieux gisements de pensées affleurent brusquement au détour des phrases. Dewaert explose, il ne supporte pas la présentatrice de l'émission 7 sur 7 sur la première chaîne :

– Et vous savez, Anne Sinclair, c'est pas son vrai nom. C'est une Juive celle-là. Son père, c'était un Juif allemand. Son nom c'est Schwartz, ça veut dire noir en allemand.

Qu'importe que l'information soit fausse, c'est bien le moindre de ses soucis : elle est si riche de fantasmes. Rezzi en profite pour céder à son tic de langage et, mécanique, lâche :

– Y a qu'à rallumer les fours.

Personne ne relève. Quelqu'un émet un gloussement pour manifester qu'il a compris l'allusion. Ça ne va jamais plus loin. Pour l'instant, car je n'ai pas tout entendu.

Pas tout entendu de ceux qui croient n'être jamais écoutés, et en souffrent parfois jusqu'à l'ulcère. Denis est ainsi, malade. Il est chauffeur de taxi et travaille de nuit, employé, exploité, pressuré dans une compagnie. Il n'en peut plus de conduire. Avant, il était marin à l'Estaque, le petit port des peintres impressionnistes, dans les calanques rousses de lumière, l'été. Il avait un bateau, il pêchait. La concurrence d'entreprises qui sous-payent des immigrés l'a contraint à la faillite. Il ne mange plus. Quand il retrouve ses amis pour dîner avant de partir la nuit, il arrive en silence, un demi-sourire en guise de salut. Il n'avale rien, rien. L'ulcère lui vrille l'estomac. Il en veut à la terre entière de ne plus pouvoir sortir du port dans le petit matin. Tout lui manque, la mer, le ciel, le bruit du moteur Diesel. La pâleur de son visage dessine tous ces manques.

Il a été parmi les premiers du département à adhérer au Front. Il y trouvait une grandeur, une certaine forme de combat solitaire, puis d'autres sont venus, des opportunistes, des avocats, des médecins, des bourgeois comme il dit. Et cela lui reste sur le cœur.

– Ils ne feront jamais rien ces gens-là, faut pas se faire d'illusions. C'est des têtes de fifres, des ventres mous, ils ne feront même pas une association de chômeurs. Ce qu'il aurait fallu faire, c'est une révolution nationale populaire, et ça, Le Pen, il ne le fera plus : y a trop de ramollis au Front maintenant, et c'est de ceux-là qu'il va s'occuper.

Il reste le nez plongé dans l'assiette qu'il n'a pas touchée. Le repas fini, il s'en va. Dehors, le mistral souffle et éclaire la nuit. Il embrasse le ciel d'un regard. Son œil luit d'un éclair fugace. Nostalgique, Denis soupire :

– Tu sais qu'elle doit être belle la mer maintenant.

VI

UN CALIBRE DANS LE SAC

Je suis désormais secrétaire de la section du 15e. Roland, faisant fi de mon poste au sein du FNJ, m'a nommée début mars après avoir longtemps hésité : il craignait que je ne tombe amoureuse, comme mon prédécesseur, un facteur qui déserta la permanence après avoir rencontré la femme de sa vie. Que doit-il penser aujourd'hui, après que je les ai quittés en prétextant une histoire d'amour retrouvée ?

Au bout de quinze jours de tergiversations, il s'est décidé. Avec ses doigts enduits de cambouis, il mettait une heure pour taper une enveloppe. Il a réfléchi encore un peu, m'a demandé si je pouvais venir l'aider sans avoir de titre, puis la semaine suivante, perdu dans son fichier mal tenu, il a pesté contre ce facteur qui n'avait jamais fait son travail correctement et m'a désignée secrétaire sans plus de cérémonie.

Maintenant, il m'arrive souvent de le retrouver au local une heure avant tout le monde. Nous tapons des lettres à n'en plus finir. Il est heureux de jouer au patron qui dicte son courrier. La plupart du temps, c'est sa correspondance personnelle que nous traitons. Roland a en effet une manie : il adore écrire au *Méridional* qu'il n'apprécie plus depuis que le journaliste Gabriel Domenech a démissionné pour se consacrer à ses tâches de député du FN. Une autre de ses cibles préférées est Radio-Dialogue, une station locale chrétienne et humaniste qui l'horripile. Roland ne conçoit d'Église que traditionaliste.

Nous n'écrivons jamais aux instances du Front national, si ce n'est lorsque nous enjoignons à nos neuf compagnons d'assister à la réunion de bureau dont ils font tous partie. Ce courrier me semble ridicule puisqu'ils sont presque toujours présents aux permanences, mais Roland y tient : « Ça fait bien! »

Finalement, nous sommes tous les deux satisfaits de cette nomination. Moi, elle me donne accès au fichier des adhérents que je consulte tout à loisir; lui, elle lui permet de se mettre en valeur, de transmettre son savoir militant. Espérant secrètement pouvoir me faire plus avant la cour, il m'invite même une fois à déjeuner sur le ravissant port de l'Estaque pour que nous ayons plus le temps de discuter.

Passé la première fourchette d'aïoli, il attaque :

– Faut se méfier du 16ᵉ, tu sais? Parce que le 16ᵉ, celui qui le dirige c'est un copain d'Isoardo, le mec qu'est communiste...

Je soupire : encore une nouvelle version des querelles qui opposent les deux sections, encore une raison de déblatérer sur les voisins. Seulement cette fois Roland brosse un tableau en perspective, et sur la trame du fond dessine le portrait du suspect numéro un : André Isoardo, alors secrétaire adjoint de la fédération marseillaise. Avant d'adhérer au Front, en 1983, cet homme, qui seconde Ronald Perdomo, est resté dix ans au Parti communiste.

Roland n'admet pas une ascension aussi foudroyante et y voit une manœuvre de déstabilisation de l'ennemi.

– D'abord, ce mec, il dit qu'il a changé. Seulement, il n'a pas changé du tout, et c'est pas à moi qu'il fera croire qu'il est devenu d'un seul coup nationaliste. La preuve, c'est qu'il dit toujours : « Moi, je suis un prolétaire, un ouvrier comme vous ». Mais, moi, j'ai rien à voir avec lui. Lui et moi, on sera jamais copains. Pour lui, un riche c'est un bourgeois; pour moi, un riche c'est un mec qu'a travaillé pour avoir son pognon. Il n'y a pas de barrières entre un riche et moi.

Roland se flatte d'être la preuve vivante de ce qu'il avance. Avant d'avoir, comme il dit, « rencontré un projectile », reçu une balle dans le ventre dans des circonstances qu'il veut laisser mystérieuses, il tenait un garage. Depuis, il touche une pension d'invalidité, répare les voitures au noir, et vit de trafics plus obscurs encore. Possédant plusieurs maisons en Corse où il est né et s'estimant aisé, il peste d'autant plus contre Isoardo, qui, simple salarié à l'EDF, a malgré tout dépensé des « millions » pour sa campagne aux cantonales de 1985.

– Tu vas pas me dire que c'est un prolétaire comme nous qui peut se payer ça. Moi je dis, cet argent, il vient du Parti communiste. Ils veulent nous déstabiliser.

Peu convaincue, je le regarde finir son aïoli. Ce qu'il raconte m'évoque moins un complot communiste que la dérive de Jacques Doriot, cet ancien responsable du PC qui, dans les années trente, vira à un nationalisme imprégné de fascisme, et fonda en 1936 le Parti populaire français.

Roland reprend :

– S'ils ne voulaient pas nous déstabiliser, comment t'expliquerais qu'Isoardo nous ait demandé de lui jurer fidélité et de le soutenir, même si aux municipales il n'a pas l'appui du Front? Dis-moi un peu? Tu comprends : il se fait élire et, après, il fait la politique du Parti communiste.

Roland continue de divaguer, oubliant que ce parti qu'il voit machiavélique a enregistré deux fois moins de voix que le sien aux dernières élections. De mon côté, j'abandonne la comparaison avec Doriot. Les parcours se ressemblent mais pas les carrures. En 1937, le Parti populaire français revendiquait 60 000 adhérents, dont une bonne partie recueillis dans les rangs communistes. Isoardo a certes grimpé au sein de la fédération des Bouches-du-Rhône mais y reste le seul apostat communiste identifié.

Les anciens abstentionnistes et, surtout, les renégats du RPR sont bien plus nombreux dans les rangs de Le Pen. Dewaert et Takis sont typiques, qui ont quitté ce mouvement voici deux ans. Ils lui reprochent d'être un repaire de magouilleurs dont le système d'élection interne est pourri par le copinage. Et puis, ils se rappellent encore cette figure gaulliste du quartier qui hébergeait des faussaires dans un poulailler au fond de sa propriété. Quand Antoine Tafani, candidat toujours malheureux aux élections, a été inculpé, fin 1978, il a fait mine d'ignorer qu'une poule aux œufs d'or couvait dans son jardin. Personne n'a été dupe, et Dewaert et Takis, qui disent avoir été écœurés par cette histoire, ont rallié Le Pen... sept ans plus tard.

Ce faisant, ils ont changé de parti mais pas d'idées. Pour eux, le Front est simplement plus déterminé et plus moral que la droite classique. Dewaert voit même si peu les frontières qu'il lui arrive de tout confondre. Quand, à la permanence, ses amis évaluent prudemment les chances du Front aux municipales de 1989, lui, se laisse emporter par l'enthousiasme :

– Mais on gagnera bien plus que ce que vous dites!

Roland le foudroie alors du regard :

– Qui ça : on?

Dewaert est bien obligé d'avouer :

– Ben, la droite, bafouille-t-il.

Le poète est moins étourdi quand il s'agit de sa carrière politique. Il confie alors avoir plus d'espoir d'être admis comme candidat sur une liste du FN qu'il n'en aurait eu s'il était resté au RPR, aujourd'hui exsangue.

Ce parti semble sur Marseille incapable de revivre, en dépit d'une récente reprise en main par des responsables parachutés de Paris. Sur le terrain, ses élus et ses militants arborent une triste mine. Fin mars, une demi-douzaine d'entre eux font la tournée des commerçants du quartier Saint-Louis, juste derrière notre local. Ils rasent les murs, d'autant plus que, le même jour, la CGT demande aux passants de signer une pétition pour la défense de la Sécurité sociale.

Mais le RPR a beau être à l'agonie, les lepénistes restent sur leurs gardes, et un rien suffit à leur faire croire qu'il renaît de ses cendres. Un jour de mars, alors que j'arrive encore une fois en avance, Roland m'accueille sombrement et me tend la photocopie d'une coupure de presse qui le laisse perplexe :

– Té, depuis hier, ça me va et ça me vient dans la tête ce truc. C'est Dewaert qui l'a pris dans le journal.

Sous le titre « le RPR se mobilise », un articulet mentionne l'ouverture de nouveaux locaux. Parmi les nouvelles adresses, celle du 10, rue Le Chatelier, là où nous sommes.

– Quand je te le disais que cette conasse de propriétaire, elle nous vire pour louer au RPR.

La propriétaire a donné congé au Front national depuis le début du mois de janvier 1987. Les militants ont fait contre mauvaise fortune bon cœur, puis ont proclamé que, de toute façon, « des locaux, ils en trouveraient plein ». Trois mois plus tard, nous n'avons toujours rien en vue et nous attendrons mai pour déménager.

Cependant, Roland n'a pas remarqué que toutes les adresses citées correspondent à des sections du FN. Comme beaucoup de ses camarades, il connaît mal la géographie des permanences et excelle plutôt dans celle des bars. Quand il réalise, il bondit sur le téléphone et appelle Dédé Lambert, le tenancier du bistrot sur le Vieux-Port, chef de section du même quartier et, surtout, ami de confiance. Au bout du fil, Dédé n'y va pas par quatre chemins :

– Les enculés, dis, ils nous raflent nos permanences! Faut leur faire un procès.

L'affaire n'ira pas si loin. Au bout d'une heure de discussion affolée avec les autres militants du 15e, Alessandro, soudain illuminé, suggère que *Le Méridional* a peut-être fait une coquille, à moins que le poète, toujours dans la lune, n'ait superposé deux pages du journal au moment de la photocopie...

Fine mouche, Alessandro fait en effet remarquer un bizarre espace blanc entre le texte de l'article et la liste des adresses. Dewaert nous quitte immédiatement pour aller vérifier. Quand il revient, il confirme l'erreur. Tout le monde est tellement soulagé que personne ne lui demande qui l'a commise. En tout cas, les jours suivants, la presse ne ressent pas le besoin de publier un rectificatif.

Reste que les militants ont le poil facilement hérissé en parlant du RPR. Que le ministre de l'Intérieur ordonne une expulsion de clandestins et voilà mes compagnons qui se lamentent : le RPR va leur reprendre des voix, il chasse sur leurs terres! Il faut dire que, dans le quartier, se recrutent des adhérents confus qui conservent les cartes des deux partis et exhibent l'une ou l'autre, au gré de leur humeur ou de leurs rencontres.

Le Front a fait le plein de ses voix naturelles, a ratissé tous les anciens de l'OAS, les pieds-noirs, la majorité des royalistes et des intégristes. S'il reste des voix à récolter, ce ne peut être que sur le terreau des déçus du gouvernement. Roland est persuadé que là résident les derniers électeurs potentiels. Pour convaincre ces indécis, il va falloir jouer serré et surtout, ne pas les effaroucher.

Ses consignes en la matière se précisent à l'approche du 4 avril, date à laquelle Le Pen doit venir défiler à Marseille. Nous allons donc nous montrer en public, et il ne faudra pas laisser croire que nous sommes extrémistes ni même le laisser dire... Roland craint par-dessus tout que des « provocateurs » de la Ligue communiste révolutionnaire se mêlent à nos rangs et crient des slogans du genre « Les Arabes à la mer »...

– Et ça, faut les en empêcher. Bien sûr, c'est ce qu'on pense, mais faut pas le dire parce que ça fait peur aux gens.

Plus la date se rapproche, plus les militants de la section se mettent à développer cette phobie de l'extrême gauche. Tous détestent « Krivine et sa clique » et, plus généralement, « les gauchistes crasseux ». Ils se souviennent avec dégoût des contre-manifestations qui ponctuaient les meetings de leur dirigeant au début des années 80. Les médias aussi les exaspèrent. Ils maudissent les journalistes qui filment les violences de leurs défilés. En somme, ils craignent comme la peste tous ceux qui les désignent du doigt et les montrent sous un jour contraire à celui qu'ils désirent : le brave Français, victime, maltraité et gentil.

Quelques jours avant la manifestation, Durand, l'ancien légionnaire, sème la panique en rapportant des propos qu'il dit tenir d'Arrighi : cette fois c'est sûr, il faut s'attendre à un rassemblement de SOS-Racisme. L'explosion d'une bombe dans le local n'aurait pas causé plus de dégâts. Chacun bondit de son siège. Dewaert bégaie plus que de coutume. Albert se tord nerveusement les mains. Ils hurlent que ce n'est pas possible. Dans le brouhaha, on entend à peine Rezzi marmonner : « Faut rallumer les fours, y a que ça à faire. »

Ils se lamentent – Dewaert connaît plusieurs de ses voisins qui refuseront de l'accompagner s'il y a risque de bagarre –, puis se rassurent – c'est une rumeur que la gauche fait courir pour dissuader les gens de venir. Ils se ragaillardissent enfin, se disant que « les Arabes auront du fil à retordre s'ils veulent attaquer », puisque la Légion et les parachutistes ont déjà annoncé leur participation au cortège :

– Et puis, ajoute Roland, y aura les flics. Les flics, à 80 % ils sont pour nous!

Je me sens pâlir : il est vrai que quelques policiers du quartier arborent l'insigne du FN sur leur tenue. Alessandro qui a aperçu que quelque chose me chagrinait se penche alors vers moi et, cherchant à me réconforter :

– Mais faut pas t'inquiéter, les Arabes, ils ne viendront pas, parce que c'est des lâches.

– Ça, ça c'est bien vrai.

Ce cri du cœur vient d'Albert qui raconte aussitôt comment il a récemment attrapé un petit Arabe qui avait lancé des boules puantes dans son magasin.

– Je te l'ai chopé, et je te lui ai fourré la tête dans la poubelle.

D'un bond, Albert s'est levé et mime la scène, ses mains s'acharnent sur une tête invisible.

– Je te l'ai maintenu là-dedans. Vous auriez vu ça!

Tous sont suspendus à ses lèvres. Je crois assister au supplice de la baignoire.

– Ma femme, poursuit Albert, elle avait peur devant les clients. Et les clients, ils disaient : « Vous allez voir, les grands vont venir se venger ». Mais penses-tu! Ils vous insultent, mais de loin.

Les autres approuvent et rient de bon cœur. Mais Durand, anxieux, rappelle que c'est un député qui lui a parlé de SOS-Racisme. Un député ne ment pas : les Arabes attaqueront donc. Cette fois, Alessandro le mouche, agacé, et, me montrant du doigt :

– Mais tu vas lui faire peur à cette petite. Et puis, je le sais bien qu'ils peuvent attaquer. On en a parlé à la DPS. Mais on a tout prévu.

Il répète plusieurs fois sa phrase avec emphase comme pour se retenir d'énumérer tout ce que le département « Défense, protection et sécurité » du Front a envisagé. Puis n'y tenant plus, il dessine sur un bout de papier la disposition du service d'ordre autour du défilé. Le dessin circule entre toutes les mains et, voulant me rassurer, Alessandro achève de m'inquiéter en expliquant que les militants de la DPS n'ont pas peur de « bastonner » et qu'ils en ont l'habitude.

Pourtant, dix minutes plus tard, au moment de quitter le local, Alessandro rappelle les consignes : nous devons défiler dans le calme.

– Même qu'on te traite de sale con, me dit Takis en me saisissant la manche pour mieux me convaincre, tu ne réponds pas, parce que c'est fait exprès.

– Parce que toi, coupe Roland excité en me tordant

presque l'autre bras, si tu sors le bâton, et même que, dans toute la manifestation, il n'y a qu'un tout petit bâton de rien du tout, la caméra, elle plongera dessus.

La peur des caméras ne relève pas seulement d'un souci tactique. Certains, tels Albert ou Dewaert, ne comprennent vraiment pas qu'on puisse présenter comme dangereux les bons pères de famille qu'ils veulent être. Bien à l'abri des murs de la permanence, ils peuvent se laisser aller à déverser quelque agressivité rentrée, mais, passée la porte du local, leur plus cher désir est de ne pas se faire remarquer. Ils n'ont guère de goût pour la propagande de rue.

Dès mon arrivée à la permanence début janvier, j'ai aperçu des milliers de tracts qui traînaient dans les coins. J'en pris un jour quelques-uns, les plus récents, dénonçant la grève de la SNCF qui battait alors son plein. Dewaert se précipita vers moi et s'exclama tout affolé :

– Anne, vous savez ce que vous faites : vous le glissez dans les boîtes aux lettres à l'envers côté face blanche, et si, malgré ça, il y a quelqu'un qui vous demande quelque chose, vous dites qu'on vous paie pour le faire, et que vous ne savez même pas ce que c'est.

Croyant les imiter, je proclamai que je n'avais pas peur de mes opinions. Alessandro me répondit :

– D'accord, ma des fois on tombe sur un fada, alors, nous, c'est comme ça qu'on fait.

De la même façon, à l'approche du 4 avril, je dois ruser pour obtenir de participer à une séance d'affichage. Marseille est en train de se couvrir de bandeaux jaunes et noirs annonciateurs de la venue de Le Pen. Je veux moi aussi coller. Mais Roland et Alessandro me refusent ce caprice, cette tâche, « dangereuse », est réservée aux hommes, aux vrais, comme eux. Les autres m'expliquent qu'ils n'auront pas de temps à consacrer aux collages. Reste Albert qui se laisse convaincre de m'emmener : il a déjà embauché sa femme qui conduira la voiture.

Le couple me donne rendez-vous à 21 heures un soir de semaine. Yolande, l'épouse d'Albert, me dévisage, un rien inquiète de voir cette fille que son mari présente comme une militante dévouée. Je crois voir dans ses yeux une ombre de jalousie ou de crainte face à une femme qui partage avec les hommes les séances d'une permanence qu'elle n'ose fréquenter.

Je monte à ses côtés, à l'avant du break que son mari utilise chaque jour pour aller prendre la viande aux abattoirs. Derrière, monsieur Harbet, garagiste et pied-noir, se présente en caricaturant l'accent arabe :

– Bonjour, moi c'est Harbi.

Puis, volubile, il nous informe qu'avec ses voisins, il va créer une « comment on dit déjà ? Un missile ? » pour lutter contre les voleurs de voitures. Missile ou milice, décidément le mot obsède les habitants des quartiers nord. C'est probablement ainsi, en le répétant sans cesse, que certains finissent par transgresser le vieux principe qui interdit de se faire justice soi-même, et tirent de leur balcon sur les malfaiteurs... présumés.

Nous filons le long de la voie rapide qui, un mois plus tôt, était bloquée par la manifestation de la Maurelette, et dépassons la cité où Albert et Yolande ont leur boucherie. Pas question d'aller y afficher, le couple a trop peur que « les gens » ne les voient. Nous nous enfonçons donc dans le 15e rural et cossu, le quartier des pavillons individuels que les artisans et petits cadres se font construire à coups d'emprunts.

Scrupuleusement, les maisons se cachent derrière des haies de thuyas.

Premier arrêt : Albert prend un seau de colle, tend un balai à Harbet, je prends les affiches. Un petit coup de tête nerveux à droite à gauche : il n'y a personne. Nous trottons vers le trottoir d'en face où une poubelle se tient de guingois et collons dessus, parce qu'aucune affiche n'adhère sur le crépi des murs qui cernent les villas. Yolande laisse tourner le moteur ; en cas de danger, nous pourrons ainsi déguerpir. L'anxiété dégouline le long de nos nerfs à vif comme la colle sur les poils du balai.

– Allez, vite, vite. Vous fatiguez pas, de toute façon demain, là, il n'y a plus rien! Harbet parle très vite. Il est vif, sec, rebondissant. Ses yeux bleus tournent et virent dans leurs orbites. A l'entendre, la mairie entretient des fonctionnaires dont le seul travail est de décoller les affiches du Front et les communistes passent derrière pour enlever ce qui d'aventure peut rester.

Albert s'active, tiraillé entre son amour du travail bien fait et la nervosité de son compagnon. Nous repartons. Dans sa précipitation, Yolande cale, évite de justesse de noyer le moteur et se lamente qu'aucun de nous n'ait songé à prendre une matraque pour se défendre.

Autour, les villas dorment paisiblement sous la lune, les rues sont désertes et la brise est légère. De ces hauteurs, au hasard d'un tournant, on aperçoit les lumières de la ville sur laquelle plane une étrange douceur. Cette balade printanière et vespérale pourrait être si reposante.

Nouvel arrêt :

– Garez-vous bien contre le mur, comme ça les Arabes, ils nous voient moins.

Harbet est né en Algérie, à l'étranger comme il dit, et si les Algériens l'ont chassé de chez eux, il n'entend pas être chassé de chez lui, la France. C'est bien le seul rapatrié lepéniste qui me parlera de l'Algérie comme d'une terre étrangère! Une voiture passe, nous nous figeons : le chauffeur va s'arrêter, nous attaquer. Puis la crainte passée, les mots fusent pour effacer ce court silence d'angoisse. Les deux hommes expliquent qu'ils n'ont jamais « fait de politique » avant 1985. Et c'est presque ensemble qu'ils ont pris leur carte au Front.

Le tour du quartier étant terminé, nous redescendons vers la voie rapide, au grand dam d'Harbet qui nous répète qu'il est inutile de continuer « puisque tout va être décollé ». Albert, qui veut finir son seau de colle, s'arrête malgré tout une dernière fois. Derrière une haie, un chien se met à aboyer, d'autres lui répondent :

– Chiens d'Arabes, hurle Harbet, puis un ton au-dessous : c'est eux, c'est eux qui nous dénoncent.

A la vitre de la voiture, apparaît le petit sourire jaune bilieux de Yolande.

– Mais, enfin, arrêtez de crier comme ça, et puis Albert tu mets trop de colle, regarde, ça dégouline!

Albert n'entend pas. Il n'en finit plus de coller, il colle sur toutes les surfaces lisses qu'il trouve. Enfin, le seau est vide. Satisfait et en sueur, il contemple un muret qu'il a entièrement recouvert. Harbet redescend d'un petit nuage où il s'était envolé peut-être pour échapper à son angoisse :

– T'as fini de coller? Mais, tu sais, tu t'es fatigué pour rien, parce que, là, demain, il n'y aura plus rien.

Puis il nous tire sa révérence, et, pressé d'aller se coucher, s'enfuit vers son pavillon qui est à deux pas.

Les jours suivants, une seule affiche est décollée, et jusqu'à la venue de Le Pen, toutes les autres auront tenu sans une égratignure.

Entre-temps, je retrouve Pascal, Céline et Félix, mes amis du centre ville, à un bal masqué donné par le 8e arrondissement, un quartier périphérique, mais chic celui-là, au sud de Marseille. Quand je leur annonce que j'ai affiché, ils se récrient, me traitent de téméraire puis me considèrent comme définitivement fanatique parce que j'accepte une invitation des militants du Vieux-Port.

Cette section organise le lendemain un cortège de voitures bariolées d'affiches de Le Pen. Ils traverseront tout Marseille. Désiré, pied-noir, fier de son accent et de sa verve, me convainc de les rejoindre. Je vais peut-être enfin rencontrer des lepénistes qui n'ont pas peur de s'exhiber.

Le rendez-vous est fixé place Viveaux, du côté nord du Vieux-Port, au cœur des anciens docks. La section dirigée par Dédé Lambert s'est logée dans un vieil entrepôt repeint à neuf et inauguré en novembre 1986. A l'entrée, sur un vieux parchemin encadré, on peut lire l'intégralité de *La Marseillaise.* Le local est plus attrayant que celui du 15e mais personne n'y passe, me confient les militants. Dehors, une trentaine de personnes s'affairent sous la pluie autour des voitures. Capots, ailes, portières sont déjà recouverts des fameux bandeaux jaunes.

Le propriétaire d'une 2 CV toute déglinguée s'escrime sur une affiche qui ne veut pas épouser les rondeurs cabossées de l'aile. Derrière lui, une blonde un peu snob, un élégant blouson de cuir sur le dos, gare sa Peugeot 205 Lacoste à côté d'une rutilante BX. L'homme à la 2 CV soupire : il y a deux ans, il avait encore une belle voiture, puis il a été licencié et a dû s'en séparer. Le cocktail des couches sociales est au centre ville plus mélangé que dans le 15ᵉ.

Nous tardons à partir. Les hommes vérifient l'huile, une impatiente leur rappelle que ce n'est pas une traversée saharienne que nous allons faire; en vain, personne ne se presse. Le photographe du *Méridional* nous immortalise drapeaux en main, parés pour l'aventure. L'épouse de Désiré a apporté « le calibre » et le cache sous son bras dans un sac en plastique. On ne sait jamais ce qui peut arriver au cours de ce périple. Sous d'autres bras, se cachent d'autres sacs en plastique...

Nous partons. Désiré nous donne les dernières consignes :

– Hé, attention, pas de provocations, pas de coups de klaxons. On se suit à la file et en silence!

En général du cortège, il prend la tête. Je monte dans la deuxième voiture où deux jeunes gens de vingt-cinq-trente ans peuvent m'accueillir. Une dizaine de véhicules suivent, transportant couples, voire familles. Dans l'un, s'entassent même trois générations, de la grand-mère aux petits-enfants. A vingt à l'heure la file met le cap sur le parc Chanot, où se tient la foire de Marseille. Mon chauffeur rouspète. La hampe des drapeaux qu'on nous a distribués, est encore fraîche de peinture et risque d'abîmer sa carrosserie :

– Faites gaffe, bon sang, c'est pas le Front qui me la remboursera celle-là.

Son ami Gilles et moi essuyons précipitamment les traces. Dehors, des retraités applaudissent à notre passage. Un chauffeur de taxi nous adresse un clin d'œil amical. Mais Gilles ne les voit pas et sursaute en revanche au moindre Maghrébin entr'aperçu :

– Putain! t'as vu sa tête. Remarque, on lui a fait

peur. Je dis pas qu'il a blanchi parce qu'il peut pas, mais presque.

Toujours sur le qui-vive, il s'inquiète de voir des CRS autour de la foire, se ronge les ongles en pensant à sa future belle-mère que nous venons de croiser. Elle n'apprécie guère qu'il passe son temps à discuter de politique plutôt qu'à travailler, elle va le disputer. Sur les trottoirs, la haie de casquettes jovialement soulevées, de sourires, de saluts, continue de défiler...

Durant plus d'une heure nous serpentons en silence, et je désespère de rencontrer un signe d'hostilité. Le cortège est tellement heureux de tous les témoignages de soutien qu'un indiscipliné se met à klaxonner. C'est Günter. Joyeux drille et ancien légionnaire, il a revêtu un blouson imprimé de flammes bleu-blanc-rouge. Les autres lui répondent aussitôt. Les voitures qui nous croisent aussi. Un tintamarre assourdissant qui s'arrête brutalement aux abords de la Canebière.

– Ça va se corser, murmure mon chauffeur.

Au même instant, une piétonne, enfin une ennemie, nous lance un regard noir, appuyé d'une insulte furibarde.

L'avenue bordée de grands magasins est toujours encombrée le samedi après-midi. Les trottoirs pullulent de monde. La plupart des têtes, lorsqu'elles nous aperçoivent, se détournent, emportant sur leurs lèvres un ironique sourire... Comme si nous étions de simples ringards, comme si elles avaient peur de nous assener ce mépris qu'elles n'osent même pas partager avec les autres badauds.

Figés au milieu de toutes ces fuites, les visages des travailleurs immigrés. Silence de leur bouche, de leurs yeux. Leurs regards, lentement, presque imperceptiblement, suivent notre avancée, forment une haie de honte. Je m'enfonce dans le siège arrière. Mon chauffeur se met à jurer, il a cru voir une canette de bière voler :

– Tu vas voir, tout ce qu'on va gagner avec cette histoire, c'est une voiture bousillée.

– Et ça sert même à rien de passer dans ces quartiers-là, renchérit Gilles, ils votent pas les Arabes !

Il frémit, une bande de punks vient de nous adresser une flopée de bras d'honneur. Nous venons d'essuyer la seconde et dernière insulte de notre parcours.

De retour à la section, les femmes se précipitent ensemble vers les toilettes, les hommes déshabillent leur voiture. Une épouse ramasse les affiches qu'ils jettent tous au sol :

– Quand même, Le Pen par terre, ça fait mauvais genre. Jetez-le plutôt à la poubelle.

Elle rougit, réalisant ce qu'elle vient de dire, aux éclats de rire que son lapsus provoque. Puis chacun évoque les manifestations de sympathie qui ont ponctué cette aventure. De leurs ennemis, ils n'ont même pas vu le nez. « Tout le monde est pour nous ». La phrase revient comme une incantation. Ils sont rassurés. Ce besoin de consensus qu'ils expriment constamment depuis que je suis dans leurs rangs est enfin satisfait. A une semaine de la venue de Le Pen, cet après-midi a un avant-goût de victoire dont ils se délectent.

VII

LES GENS SONT DES MOUTONS

Dans une semaine, le 4 avril, Le Pen arrive, Le Pen vient, Le Pen descend. Depuis quinze jours, nous ne parlons que de cela. C'est le branle-bas de combat. Le téléphone sonne, des têtes nouvelles passent à la permanence. Ce sont les adhérents qui, enfin, prennent chair et sortent de leur fichier. Ils viennent s'informer du déroulement prévu de la manifestation. Mes compagnons ne les avaient pas revus depuis les dernières élections.

Mme Riquet aussi nous rend visite. Elle me reconnaît : nous nous sommes déjà rencontrées à la manifestation de la Maurelette. Elle vient pour acheter, en prévision du grand jour, un de ces autocollants où, sur le dessin d'une France en bleu-blanc-rouge, s'inscrit le slogan « Aimez-la ou quittez-la », sans équivoque pour les immigrés. Son enthousiasme la rend totalement inconsciente : elle a laissé une métisse, sa fille, l'accompagner. En voyant la demoiselle, Alessandro ne peut masquer un léger mouvement de recul. Puis, tout le monde oublie cette présence peu ordinaire : Mme Riquet vient de tomber en extase devant la photo de Le Pen :

– Ah, il a une tête drôlement sympathique, hein ?

Les autres renchérissent, elle a raison : leur chef est beau, intelligent, il n'y a pas assez de mots pour le louer et, comme je ne fais pas cercle avec eux autour du portrait, Alessandro, le dur, l'ancien de l'OAS qui se vante de ne jamais s'émouvoir m'incite à les rejoindre :

– Tu l'as jamais vu, toi, Anna, mais tu vas voir : c'est quelqu'un. Il te fait rire comme il te fait pleurer. On est gaga devant lui et après on ne peut plus s'en passer.

Et, de bonheur, il embrasserait presque la photo. Cet instant d'émotion passé, nous abordons un sujet tout aussi sérieux : combien serons-nous à la manifestation? La fédération estime qu'un défilé de 8 000 personnes serait déjà un immense succès. A la permanence, mes compagnons sont de cet avis, Mme Riquet le partage aussi et s'en explique avec véhémence :

– Moi, comme je dis toujours, messieurs, le Français est... Elle baisse subitement d'un ton pour dissimuler l'injure qu'elle va lâcher... le Français est un couillon. Ça, pour dire qu'il est pour Le Pen, il vous le dira; mais pour manifester... – Elle balance d'un pied sur l'autre, mime l'hésitation... – Alors là, il a peur. Seulement, si on a tous peur comme ça, on est cuits!

Femme de service dans une école, elle raconte comment elle mate du regard les petits Arabes qui « sinon, vous insulteraient ». Elle a tant de verve que les hommes, complètement sous le charme, ne peuvent plus que bredouiller après elle :

– Ah, c'est sûr, on est cuits.

Pour l'heure, nous cuisons dans une ambiance surchauffée et euphorique : plus que quelques jours et la Canebière sera reprise!

Reprise peut-être, mais pas sans combat : *Le Proven-*

çal, le quotidien de tendance socialiste, annonce, pour le même jour, deux rassemblements antiracistes, l'un sur le Vieux-Port vers 11 heures, l'autre à Belsunce vers midi.

Le 4 avril, je descends donc de bonne heure au centre ville. La Canebière scintille, propre, lessivée même par les trombeu d'eau qui ont crépité toute la nuit. La veille, sous l'orage, la ville était encore plus déserte que de coutume. Ce matin, l'ambiance sonore est celle des lendemains de pluie, tout résonne dans la lumière crue.

Des bruits de slogans martelés me heurtent bientôt le tympan. Ce doit être la manifestation antiraciste. Je me dirige vers elle. Mais, à l'ombre de ces ruelles qui s'entrelacent de part et d'autre de la célèbre avenue, j'aperçois bientôt, stupeur : Pascal, en survêtement noir, à la tête d'une petite troupe déchaînée. Ils sont une dizaine de jeunes gens à avoir chaussé les rangers, enfilé les tenues de camouflage. Au milieu, deux jeunes filles élégantes dans leur popeline blanche semblent tout droit descendues du 16e parisien. Tous viennent en effet de la capitale pour « casser du raton ». C'est à ce mot qu'on sait qu'ils ne sont pas du cru. Ici on parle de « bicot », de « tronc », voire de « crouille ». Ils ont tout juste vingt ans et marchent la tête haute en hurlant : « La France aux Français, Algérie française, Le Pen président ». Pascal, le pli soucieux du chef en travers du front, les guide, comme vers un combat. De justesse, j'esquive son regard. Pas le courage de le saluer quand il est comme ça.

Ils filent droit sur le Vieux-Port. Devant eux, un misérable attroupement. Les voici, les antiracistes, quatre-vingts personnes, guère plus, silencieuses, timides. Leur banderole mal tendue n'est même pas lisible. Ils ont la mine des jours de défaite.

La troupe de Pascal accélère le pas. Ils sont maintenant à dix mètres des manifestants. Ils vont attaquer ! Non, au dernier moment, Pascal les évite et poursuit sa course en direction du bar de Dédé Lambert où il va présenter ses amis parisiens.

Je m'apprête à remonter dans mon lointain 15e quand je tombe sur Gilles, rencontré le samedi précédent, lors de la caravane publicitaire pour Le Pen. Il est méconnaissable, s'est fait couper les cheveux et a troqué son jean et son blouson noir contre deux tiers de costume de mariage. Il en a le pantalon et le gilet mais pas le veston.

Sans prendre la peine de me dire bonjour, il se plaint :

– Non mais, vous avez vu comment ils m'ont habillé ! C'est à la DPS, ils veulent qu'on soit corrects pour accueillir Le Pen. Il gigote, mal à l'aise.

– Seulement, s'il pleut, j'ai rien qui va avec.

Il m'invite à prendre un café chez le rival de Dédé Lambert, le second bar du Vieux-Port à afficher clairement ses opinions nationalistes. Une forêt de drapeaux décore l'arrière du comptoir. Au moment où Gilles, péremptoire, me présente au patron comme une vraie lepéniste, Désiré, veste militaire sur le dos, entre en faisant le V de la victoire, salue à la cantonade et ressort aussitôt, aspiré par l'excitation des grands jours qui règne dans les rues. Le point de départ de la manifestation est situé cent mètres plus haut. Des militants d'autres départements sillonnent les alentours en quête d'un restaurant. Ils parlent haut et fort, bousculent parfois les piétons, s'excusent encore. Dans quelques heures, ils ne s'excuseront plus...

Cette fois, il me faut remonter dans le 15e : Véronique m'a demandé de passer la chercher. Elle m'accueille excitée, elle aussi, par l'appel du pavé : nous allons fouler le bitume, crier, nous amuser! Elle garde son survêtement sur le dos pour rester libre de ses mouvements. Nous filons.

– Je te parie ce que tu veux qu'il va y avoir de la bagarre.

Elle en jubile d'avance.

– J'espère que non.

– Té, bien sûr que si, si l'autre il vient, comment il s'appelle déjà? Ralem Désir non? Tu vas voir!

C'est à la porte d'Aix, au cœur du ghetto arabe, que nous quittons l'autoroute, le chemin le plus rapide pour descendre du 15e quand nous sommes en voiture comme aujourd'hui. Des petits groupes d'immigrés flânent devant les magasins. Elle soupire de dégoût et porte la main à son estomac comme si elle y avait mal. Plus bas, le Vieux-Port est la proie d'un embouteillage. Des membres du service d'ordre aident, tout guillerets, les policiers à régler la circulation. Gilles est au milieu. A défaut de veste, il a endossé un loden bleu, trop grand pour lui. Plus loin, Pascal, raide comme Artaban, discute à grands gestes avec les Parisiens. Cinq cents personnes piétinent déjà au point de rassemblement sur le cours Puget, en avance de trois quarts d'heure sur l'horaire et s'affairent autour des pancartes et des banderoles. Dewaert nous salue à peine, il a un problème. Comme toujours, il en fait une montagne :

– Putain! on a rien, pas un clou, pas une punaise pour fixer notre bandeau.

A ses côtés, Roland est sur son trente-et-un, costume bien coupé et nuque dégagée. Il trépigne : on ne peut rien confier au poète. Une jeep qui fonce dans la foule manque de nous renverser. Au volant, le chef de la section de la rue de Rome en tenue de parachutiste. Lui aussi est passé chez le coiffeur. A l'arrière, sa femme s'amuse à faire claquer un immense drapeau de deux mètres. Des petits groupes se croisent, s'adressent de grands sourires, de larges saluts. Pour dix francs, on peut acheter des bouts de plastique bleu-blanc-rouge avec en prime un supplément spécial de *National hebdo*, le journal du FN.

Je ne connais pas tous les visages mais tous les visages que je connais sont au rendez-vous. Seul Alessandro manque à l'appel. Il nous avait prévenus, c'est aujourd'hui qu'il marie sa fille. Il nous rejoindra après la messe.

Les femmes, venues en force, bavardent mezza voce. Quelques accents pointus percent le bourdonnement des conversations. Deux cars sont descendus de la capitale. Le flot ne cesse de grossir. Finalement, peu de gens ont respecté la consigne de s'habiller pour faire honneur à Le Pen. Jeans et chaussures de sport sont l'uniforme du jour. Chacun semble être resté fidèle à lui-même, à ses goûts, et c'est donc pimpante comme à l'habitude, perchée sur ses talons aiguille, qu'arrive Céline, l'amie de Pascal. Elle ne sait plus où donner de la tête.

– Que de monde, que de monde! Les gens qui ne sont pas pour nous et qui habitent là, ils doivent se barricader, dit-elle en ponctuant d'un petit rire.

Deux barbus entreprennent aussitôt de lui faire un brin de causette. Ils viennent de Paris et évoquent le meeting que Le Pen y a tenu, quelques jours auparavant, à la salle du Zénith.

– On était 15 000, il a fallu refuser du monde. Alors on s'est dit, si c'est comme ça à Paris, faut aller à Marseille, parce que ce sera un tabac encore pire. Les gens ils soutiennent tous le Front maintenant.

On rit, on s'amuse, c'est la fête, c'est si bon de se voir si nombreux. Certains déjà triomphent, l'ennemi n'existe plus. Caron me croise, me serre la main sans même me regarder, puis poursuit sa route en relatant à son compagnon le contenu d'une émission entendue le matin même :

– C'était sur Radio Galère, tu sais la radio des gauchistes, soi-disant que Le Pen c'est un fasciste, il a torturé en Algérie etc., mais moi je vais leur téléphoner demain et je vais leur dire : ah ! je suis communiste et j'ai drôlement aimé votre émission; j'ai regretté qu'une chose : c'est qu'on ait pas parlé de Mitterrand et de Marchais ! Parce qu'on nous traite de collabos mais on oublie toujours de dire que, l'un, il a eu la Francisque et que, l'autre, il a été travailler en Allemagne.

Des grand-mères renchérissent :

– Et voilà, être français c'est être nazi maintenant, si on veut rester français, on est nazi ! Non mais, c'est quand même un comble !

Les derniers arrivés cherchent leur section dans le cortège, des banderoles se déplacent par-dessus les têtes. Les 8 000 escomptés par la fédération sont déjà présents au départ, combien serons-nous donc à l'arrivée ?

Une rumeur se répand soudain à la vitesse de la lumière : « Le Pen arrive, Le Pen arrive », une vague déferlante m'entraîne, un instant j'oscille tel un esquif sur sa crête : la foule m'a hissée au-dessus d'elle, puis me chavire, puis me noie. Je ne vois plus que des épaules, des nuques. C'est l'asphyxie, je donne des coups de coude, j'en reçois. Dans la cohue, une femme continue son exposé :

– Et ce Noir, il a trente-deux enfants, trente-deux, vous imaginez les allocations familiales...

Elle croise mon regard, comprend que j'ai entendu et cherche la surprise horrifiée qui nous ferait sœurs. Vite de l'air.

Un premier slogan fuse : « Melon, tête de con », rapidement réprimé par une marée de « chut ». Les manifestants ont encore leur sang-froid. La foule compacte s'ébranle et commence à marcher.

Je rejoins ma troupe du 15ᵉ qui est maigrelette. La plupart des militants se sont placés en tête de manifestation afin d'essayer d'approcher Le Pen, de le toucher du doigt. Le cortège est immense et glisse, comme un fleuve méandreux et apathique, jusque sur le Vieux-Port. Dix à vingt mètres séparent chaque section, nous nous étirons en longueur, chacun discute calmement avec son voisin.

Le point stratégique, le lieu magique où le fleuve est soudain saisi de convulsions, c'est l'entrée de la Canebière. La Canebière! L'avenue mythique, symbole de Marseille, qui, dans les fantasmes, occupe la place de choix. « Ils », les Arabes, l'ont envahie. Non contents de s'entasser sur son côté nord, dans leur ghetto autour du cours Belsunce, « ils » l'ont traversée, « ils » s'étalent maintenant sur sa face sud. Mais ce soir, « ils » ne l'occuperont plus, la Canebière aura été reconquise. Et les manifestants s'y engagent, plus guerriers que jamais. Les bouches se tordent, les visages se crispent. Des cris jaillissent de poitrines jusqu'ici paisibles : « Les Français avec nous, Arrighi à la mairie, Arrighi à la mairie ». Les voix s'enflent, remontent l'avenue : « Marseille réveille-toi, tu es ici chez toi ».

Des rafales d'applaudissements saluent notre passage. Entre les bravos, quelques vieux immigrés restent figés comme la semaine précédente lorsque je les apercevais de la voiture. Parfois, un jeune beur vient nous lancer une insulte comme il lancerait un cocktail Molotov et s'enfuit.

Moi aussi, désormais, je remarque les différences de couleurs de peau. Pas un seul Blanc pour s'affirmer contre nous. Un sourire ironique et suffisant nous signifie parfois que nous sommes imbéciles. Rien d'autre. Et, pourtant, nous sommes maintenant près de 10 000. Le Pen est déjà en haut de la Canebière et la queue de la manifestation n'a pas encore bougé. Autour de moi, le bilan est déjà tiré :

– T'as vu, y a que les Arabes qui sont contre nous, tous les Français ils ont compris, ils sont avec nous.

J'ai honte, une honte insidieuse, bilieuse, une honte impuissante. Honte de ces Français xénophobes sur la chaussée, honte de cette France peureuse sur les trottoirs, honte de moi. Et nous continuons d'avancer...

Enfin, je vois un radeau dans ce naufrage, j'entends une voix contre Le Pen : là, à contre-courant des manifestants, fragile, menue, une petite vieille résiste et sourdement, obstinément, murmure le *Chant des partisans.*

La petite vieille est bousculée, ballottée, déjà loin derrière moi. Et nous continuons d'avancer, comme aspirés à l'approche du ghetto arabe qui, un peu plus haut, frôle l'avenue sur sa gauche. En marge du cortège, Caron joue les mouches du coche et scande, teigneux, les slogans que la troupe du 15e reprend d'une même voix : « Marseille réveille-toi, tu es ici chez toi ». Hystérique, au cœur du groupe, Mme Riquet agite frénétiquement une pancarte « être Français ça se mérite » et se brise les cordes vocales.

La Marseillaise, çà et là, est entonnée à pleins poumons. Nous courons presque maintenant. Sur le trottoir, à droite, deux militants de la DPS que, sur le moment, je ne reconnais pas, secouent une Maghrébine contre une palissade de chantier. Plus elle crie « con de Français », plus les deux hommes la secouent. Personne ne lui porte secours. Un CRS intervient, prie poliement les deux excités de rejoindre le courant. La femme reste seule à pleurer.

Nos pas se précipitent encore : Belsunce n'est plus qu'à une dizaine de mètres.

– Déjà ça, c'est des quartiers où je me sens à l'aise, susurre, agressif, un manifestant derrière moi.

Plus personne ne chante. Le cours apparaît sur notre gauche et, avec lui, une première rangée de CRS qui nous tournent le dos. Puis une seconde rangée de CRS, toujours de dos, lance-grenades à la main. Au-delà, nous apercevons de minuscules têtes noires s'agiter. C'est un petit groupe d'immigrés, à 100 mètres. On devine qu'ils se hissent sur la pointe des pieds pour tenter de nous voir défiler.

Silence, le cortège ralentit sa marche, tous les regards sont tendus vers Belsunce, j'ai l'impression que nous nous arrêtons, mais le carrefour lentement glisse de notre vue. Soudain, quelqu'un m'agrippant le bras me fait trébucher...

– Là, là...

La voix est affolée, le doigt pointé vers le petit croisement suivant. Là : pas de CRS, mais une cinquantaine de jeunes beurs, le poing hérissé, se retiennent de briser la chaîne que trois ou quatre des leurs ont formée pour les contenir. La forêt de poings tangue dans notre direction. Je les dépasse. Derrière moi, un cri. Le cortège s'arrête. Un second cri, je me retourne, je suis seule : électrons en folie déviant de leur trajectoire, tous, tous sans exception, les jeunes, les vieux, un boiteux, Albert, Dewaert, Durand, tous se précipitent vers l'étroite rue, gagnés par une paranoïa collective. Du petit groupe de beurs, seule une insulte a fusé et la rumeur colporte qu'ils nous agressent! Le fleuve est maintenant torrent, il bouillonne, les manifestants giclent sur le trottoir comme des éclaboussures. A mes côtés, un homme hurle dans un porte-voix les consignes dont il est seul à se souvenir. « Restez où vous êtes, ne cédez pas à la provocation. » Mais derrière nous des hommes, des femmes déferlent et déferlent encore, se décrochent du cortège. « N'y allez pas, n'y allez pas »! répète le porte-voix. Véronique passe devant moi comme une flèche. Elle aussi! Même elle! Sans s'arrêter, elle hurle son délire : « Ils attaquent! »

Finies la bonhomie, la sympathie. L'insulte des Arabes, le racisme obsessionnel des discours, j'avais fini par croire qu'il s'agissait chez elle, comme chez les autres, d'une thérapie contre des blessures que je devinais. C'est fini, devant moi les visages sont tendus, transfigurés par la haine. Les petites haines que chacun portait en soi, mises bout à bout, ont abouti à cette déferlante qui maintenant les possède, noie chacun d'eux. C'est la vingt-cinquième heure, l'heure qui selon Le Pen ne se produit jamais, l'heure à laquelle les lepénistes les plus calmes sous l'effet de masse passent à l'acte. Les interdits sautent : cette foule va peut-être tuer et les meurtriers resteront anonymes.

Nous ne sommes plus que quelques-uns du 15ᵉ à balancer sur nos jambes dans l'attente du pire. Plus bas, la manifestation piétine; plus haut, elle s'entasse déjà sur la place Stalingrad où son guide doit prendre la parole. Les secondes ne veulent plus s'écouler. Enfin, Véronique revient en courant, puis les autres, Durand, Dewaert, Albert, le boiteux, les vieux, les jeunes. Ils étaient trop nombreux à vouloir cogner, la plupart se plaignent de n'avoir pu toucher l'ennemi. Demain, la presse donnera le bilan de ce premier accès de folie : un Algérien de trente ans, frappé au sol, aura dû être hospitalisé.

Le fleuve s'écoule à nouveau, calmé. Le courant lourd, puissant, emporte sur son passage des grappes de badauds, puis s'achève en vagues molles au pied du podium.

Les premiers mots de Le Pen s'envolent avec le vent qui se lève. Il plagie le discours du général de Gaulle à la Libération de Paris : « Marseille, Marseille défigurée, Marseille ruinée, Marseille occupée mais Marseille bientôt libérée. »

Son discours pour une fois sera court, aujourd'hui personne n'a besoin d'une grand-messe. L'assemblée a déjà sacrifié, il n'est plus besoin de la galvaniser. La rue, le coup de poing l'ont repue. Elle écoute, sereine, presque distraite, Le Pen qui poursuit :

– Marseille dont certains quartiers constituent déjà autant d'enclaves étrangères et demain ennemies (...), Marseille dont la vocation est d'être la capitale du monde méditerranéen, mais non le parking.

Quelques mains applaudissent et Alessandro, qui revient juste de son mariage, me souffle à l'oreille :

– Eh, nous, on le sait tout ça...

Le Pen évoque l'avenir :

– Le temps viendra où le Front national prendra la direction de Marseille. Le temps viendra où notre ami Arrighi sera son maire. Nous déclencherons alors l'enquête minutieuse sur la gestion socialiste de cette ville et je voudrais rappeler à Madame Edmonde que pour grimper au cocotier il faut avoir le caleçon propre et que pour donner des leçons de morale, ce qui est le péché mignon du socialisme capitaliste et académique, il ne faut pas que des dizaines de fonctionnaires de la mairie soient aux Baumettes.

Une gerbe de huées éclabousse la veuve de Gaston Defferre. Le Pen attaque la gauche sur un autre terrain, l'accuse de vouloir donner le droit de vote aux immigrés afin « de remplacer les électeurs communistes et socialistes qu'elle a perdus ». La phrase se termine sous une giclée de rires. Puis il frappe à droite :

– Dans le cas du code de la nationalité (...), j'accuse le gouvernement de s'être préparé à une capitulation qui correspondait, en fait, à ses véritables idées. Il n'avait tenu le langage de la fermeté pendant la campagne électorale que pour éviter que le torrent des électeurs UDF et RPR ne vienne voter pour le Front national.

Cette fois, c'est une marée d'applaudissements qui l'approuve. Et Le Pen continue de marteler ce que ses partisans se répètent tous les jours, notamment :

– N'est-il pas inquiétant de voir que 90 % des jeunes Algériens préfèrent faire deux ans de service en Algérie plutôt qu'un en France (...). Nous ne disputons à aucun autre pays le sentiment patriotique, je trouve normal, je l'ai déjà dit au Zénith avant-hier, que, dans certains pays, il y a des gens qui sont morts pour donner une patrie aux beurs et pas pour qu'ils viennent dans la nôtre.

La conclusion du discours arrive :

– La nation est en danger, elle a besoin de ses fils (...) Marseille a donné aujourd'hui une preuve éclatante de sa volonté et de son patriotisme, ceci n'est que le début de la renaissance, mais comme ce fut le cas au temps de notre Révolution...

Je regarde autour de moi; dommage, je ne vois aucun de ces lepénistes que j'avais croisés à la messe royaliste du 21 janvier; j'aurais voulu entendre leur réaction devant tant de flamme républicaine.

– ... il est réconfortant que cela soit commencé à

Marseille et c'est pourquoi nous allons chanter notre hymne national : *La Marseillaise.*

C'est terminé, déjà les banderoles se replient. Dix minutes seulement de discours, un record de concision pour Le Pen. Au micro, un responsable du service d'ordre nous intime l'ordre de rentrer chez nous.

– Rentrez, rentrez, il n'y a plus rien à voir.

Il gesticule pour rien, le reflux est déjà massif et tranquille. Juché sur une borne, comique à contre-courant, le trésorier de la fédération s'agite encore et réclame des « sous pour la campagne », d'une voix de fausset inutile. Personne ne l'écoute plus.

Je retrouve les responsables du SO du 15e, Roland, Takis et d'autres que je n'ai jamais vus. Parmi eux, Georges, un immense chauve tatoué, ressemble à un gros bras tout juste sorti d'une bande dessinée. Ensemble nous redescendons la Canebière car Roland a décrété qu'il valait mieux rester groupés au cas où « ils attaqueraient ». Nous n'avons pas fait deux pas que c'est lui qui attaque, entraînant tous les autres. Ils foncent vers un porche où déjà un essaim de types s'agglutinent. Puis ils me rejoignent, bredouilles : ils sont arrivés trop tard, un homme était déjà par terre. Demain la presse nous apprendra que ce blessé-là, un Martiniquais, a également dû être transporté aux urgences.

Roland reprend la tête de notre petite escadre, les mâchoires crispées.

– J'ai les boules, j'ai les boules! Je rentre, je prends un Tranxène.

Il n'a pas supporté de voir « ces milliers d'Arabes se masser le long du cortège » : lui et moi étions dans la même manifestation et nous n'avons rien vu de semblable.

– T'as pas vu, t'as pas vu ? Par grappes entières, ils étaient accrochés aux balcons.

– Mais y a que des bureaux sur la Canebière, c'est fermé le samedi !

– Putain ! t'es aveugle, toi. Et cette pouffiasse-là qui m'a dit « con de Français », tu sais pas ce qu'elle m'a fait en plus ?

Et essayant d'imiter le cri des femmes du désert, il hurle d'un air idiot :

– « Ululu, Con de Français » qu'elle m'a dit, tu te rends compte ?

Autour de nous, la police, la majorité des CRS qui remontent dans leurs cars fraternisent avec les manifestants, leur adressant des saluts amicaux et, une fois derrière les vitres blindées, continuent en faisant le V de la victoire. Une heure plus tôt, face aux immigrés, je ne leur ai pas vu cet air bonhomme.

« La police est avec nous, la police est avec nous ! » Les manifestants s'extasient, jouissent de les voir. Deux motards coupent la route à Roland, aperçoivent son écusson DPS, signe qu'il appartient au service d'ordre, et, lâchant le guidon, d'un même élan, dressent tous deux le pouce en l'air, façon de lui dire chapeau.

– Quand je te le disais que les flics, ils sont à 80 % avec nous, me dit-il en se retournant.

Le réconfort qu'il en tire ne parvient cependant pas à le calmer tout à fait. Toutes les trois minutes, il marque le pas, une crampe à l'estomac. L'image de la femme arabe lui revient :

– « Con de Français » qu'elle m'a dit, alors je l'ai secouée contre la palissade...

Cette fois, c'est moi qui me fige : c'était donc Roland qui frappait comme un dément...

Les autres hochent la tête, réinventent l'après-midi

que nous venons de passer, se contredisent sans s'en apercevoir. Takis se félicite que la police les ait soutenus, puis deux minutes plus tard :

– Ouais, les Arabes, ils ont fait les beaux parce qu'ils avaient les CRS et la loi pour eux. Mais y aurait pas eu les flics, ils auraient pas bronché les Arabes.

Je me fige à nouveau : que se serait-il passé si l'ensemble des CRS, au lieu de se contenter de sympathiser après la manifestation, s'étaient rués avec elle sur Belsunce ?

Nous approchons de notre point de départ. Une militante d'Orange, perdue, au bord des larmes, nous demande si nous avons vu son car. C'est à peine si nous lui répondons, notre attention est attirée par le groupe de Parisiens qui hurlaient ce matin dans les rues. Ils n'ont pas l'air d'avoir perdu leur journée et ont les yeux rougis par les gaz lacrymogènes. A leur tenue militaire, Xenakis reconnaît tout de suite en eux des amis et s'inquiète de ce qui leur est arrivé.

– Rien, répliquent-ils, c'est les CRS qui nous ont balancé les lacrymos, parce qu'on coursait les ratons.

– Qui, quoi ? demandent les Marseillais qui comprennent ensuite : Ah les melons, mais où vous avez fait ça ?

– Là-bas, on sait pas comment vous appelez ça, là-bas où il y en a plein quoi.

– Ça doit être Belsunce, explique Roland, c'est là qu'ils sont tous.

La réplique fuse aussitôt, pleine de morgue :

– Bah, de toute façon, vous en avez plein partout des bougnoules...

Et, bien décidés à ne pas frayer plus avant avec les lepénistes locaux, ils s'éloignent en évoquant les ratons qu'ils « se sont faits ». Leurs deux admiratrices en popeline sautillent autour d'eux et ricanent. Elles ont encore autour du nez le foulard Lancel qui les a protégées des gaz...

Georges le tatoué hausse les épaules :

– C'est pas le jour qu'il faut les fracasser les Arabes. C'est la nuit, tu prends ta voiture, tu t'en chopes un, le lendemain : pas vu pas pris. En public, par contre, faut rester correct, parce que le gouvernement il attend que ça pour nous dissoudre.

Les autres ne relèvent pas et se mettent à entonner le couplet que toute la fédération reprendra les jours suivants. Cette manifestation a été un extraordinaire succès. Il n'y a eu aucune violence. Ils sont fiers de s'être bien tenus.

– Ça va frapper les gens, une manifestation calme comme ça, et puis le nombre! s'exclame Takis. Les gens sont des moutons, quand ils vont voir qu'on était si nombreux, qu'il n'y a pas eu un Français contre nous, ils vont venir!... Vous allez voir, on était nombreux mais on va être encore plus nombreux.

Le temps allait lui donner raison...

VIII

LA FÊTE NE FINIRA JAMAIS

Il fait bon au soleil de printemps, et Véronique savoure une cigarette adossée à la chaleur de la pierre. Nous bavardons un peu, alanguies. Elle me parle d'un couple qui se déchire, déplore ces incompréhensions, ces haines dont finalement nous souffrons tous... Tout à l'heure, dans la rue, nous avons croisé un jeune immigré à qui elle a fait une bise. Elle le connaissait. Il y a des jours où j'oublie qu'elle est au Front national.

Roland apparaît sur le pas de la porte et nous tance :

– Vous allez traînailler longtemps comme ça ?

Soupirs : nous l'avions oublié, lui et sa fête.

Nous sommes le 11 avril, et voilà deux mois que la section a retenu cette date pour donner sa soirée dans cette bâtisse nichée dans un coin de verdure, de justesse épargné par le béton. A trois cents mètres, passe le tremplin de l'autoroute Aix-Marseille.

Quatre ou cinq militants dévoués mettent la main aux derniers préparatifs. Roland commande, Dewaert installe les tables sur les tréteaux, Durand a la responsabilité du repas. Économe dans une clinique, il lui est facile d'obtenir de la nourriture gratuite et, depuis un mois, il nous informe à chaque permanence des kilos de saucisson ou de fromage qu'il a récupérés.

Véronique reprend la découpe du jambon avec une agilité de professionnelle.

– Ça serait malheureux, hein, de ne pas savoir faire ça en travaillant aux abattoirs.

A côté d'elle, la sœur de Sylvain, Sylvie, que je n'avais pas revue depuis la fête du FNJ, échange quelques plaisanteries grasses avec Roland. Il louche sur sa minijupe et se met à nous suggérer de nous déguiser toutes les trois en bunny pour la soirée. Sylvie ricane, Véronique ne dit rien mais on la sent bouillir. Soudain, elle saisit l'importun par le collet et l'expédie hors de nos jambes. Nous voici tranquilles.

Cette soirée s'annonce médiocre. La dernière fête lepéniste à laquelle je me suis rendue sur l'insistance de Pascal et Céline était ce bal masqué donné par le 8e, juste avant la venue de Le Pen. Pascal, qui convoitait le prix promis au meilleur déguisement, s'était glissé dans la peau d'un héros de la guerre du Vietnam. Avec sa tenue de camouflage, son couteau glissé dans la ceinture et sa tête barbouillée de craie verte pour imiter la boue des marais, il se voulait beau comme Sylvester Stallone. Manque de chance, l'assistance plutôt bourgeoise lui avait préféré une marquise de Pompadour à la coiffe de travers, et un vieux mousquetaire sans épée. Cette soirée avait été un échec sur toute la ligne, soixante personnes à peine s'étaient déplacées, la plupart sans déguisement. Sur le coup de 10 heures, un chanteur d'opérette avait tenté de réchauffer l'atmosphère en entonnant le célèbre refrain à la gloire de la Canebière « qui monte, qui monte et exagère ». Nous nous étions ennuyés à mourir. Et d'ennui je risque de mourir une seconde fois si Durand qui, les avant-bras plongés dans une lessiveuse, brasse des kilos de semoule en vue d'un gigantesque taboulé, ne se décide pas à parler d'autre chose que de cuisine.

Cette soirée est un sujet d'inquiétude pour tout le monde. Roland se fait du souci pour le débat avec les élus qu'il a prévu et annoncé. Il a téléphoné une vingtaine de fois ces dernières semaines pour exiger la présence des quatre députés du département mais leur secrétariat a toujours répondu évasivement.

– S'ils viennent pas, c'est nous qu'on va être obligés de répondre aux questions, on va être beaux.

Dewaert se lamente. Il a reçu peu de réponses aux invitations que nous avons lancées voici trois semaines (j'avais alors passé un après-midi à taper des enveloppes) et les frais engagés sont déjà lourds : 2 000 francs pour un disc-jokey et 3 000 francs pour la salle que Roland a louée sur un coup de tête. Nous ne rentrerons jamais dans nos frais. Les autres le consolent sans trop y croire. Leur seul espoir est que les invités se décident à la dernière minute. Après tout, nous sommes en début de mois, les gens doivent encore avoir suffisamment d'argent pour s'offrir une soirée de défoulement. L'après-midi s'éternise entre les prévisions pessimistes des uns et des autres.

Trois heures plus tard, nous restons éberlués. Trois cents personnes se bousculent à l'entrée de la salle. La plupart habitent le quartier, mais certaines viennent du centre ville. Des adhérents qui avaient annoncé qu'ils viendraient à quatre ou cinq arrivent à dix ou quinze. Nous ne savons plus où donner de la tête. Dewaert au lieu de penser à sa recette se plaint maintenant de manquer de chaises et accueille les convives d'un insultant :

– Z'auriez pu prévenir, espèce de cons.

Même les femmes, ces cendrillons que je n'ai jamais

vues qu'un chiffon à la main entre leur cuisinière, leur machine à laver et leurs enfants, sont de la fête. Elles minaudent, et, leurs petites pochettes de soirée bien serrées contre leur poitrine, essaient de ne frôler personne dans la cohue. Les quatre députés enfin sont de la partie. Roland, d'un seul coup, comprend les raisons de cette affluence et, après avoir passé l'après-midi à se ronger les ongles, nous assène :

– Moi je le savais qu'il y aurait du monde, je le savais que c'était bien de faire cette fête après le 4 avril.

C'est en effet à Le Pen que le 15e doit cette abondance de convives. Les manifestants de la semaine précédente n'ont pas encore eu l'occasion de fêter leur succès, d'en reparler. Ils se pressent ce soir pour s'en gargariser, pour le revivre. Chacun raconte sa manif, se précipite vers l'autre pour lui demander s'il en était...

– Eh oui, il y avait tellement de monde qu'on a pas pu se voir.

La rumeur des conversations n'en finit pas de résonner comme un chant de victoire. On rit, on ricane de cette presse qui n'a vu que 10 à 15 000 Marseillais sur la Canebière.

– On était au moins cent mille hein, et le bon Dieu aussi était avec nous : t'as vu le soleil qu'il a fait tout l'après-midi, c'est lui qui nous l'a envoyé.

Les Français ont reconquis la Canebière, et l'événement entre non pas dans l'histoire mais dans la légende. Ce défilé devient une épopée dans laquelle les CRS, qui n'ont pourtant pas été au-delà d'une sympathie affichée, prennent la place d'honneur, devenant des troupes de choc engagées à fond dans la bataille contre les Arabes.

Roland s'est couvert de gloire, et ses amis évoquant

ses hauts faits mettent à son crédit d'avoir tabassé une femme contre une palissade :

– Ben oui, explique Dewaert à quelqu'un qui n'est pas encore au courant, elle nous insultait cette bonne femme, alors Roland il a cogné. Et alors, y a le CRS qu'est venu soi-disant pour s'interposer, mais, tu parles, il a cogné aussi.

Le petit cercle de ses auditeurs éclate de rire. Roland, qui n'a jamais parlé de ce CRS, ne dément pas cette nouvelle version de l'histoire.

Qu'on se garde cependant d'en déduire qu'il y a eu des incidents au cours de la manifestation. Ceux qui disent avoir vu des violences :

– C'est les pédés de journalistes, les enculés des journaux de gauche.

Caron, qui vient de s'emporter ainsi, en donne aussitôt la preuve en montrant les quotidiens de la semaine. Pourtant, quand quelqu'un reconnaît sur une photo de presse un copain en train de tabasser un immigré, tous se mettent à échanger des coups de coude et des clins d'œil complices. Seul Rampal, l'attaché parlementaire d'Arrighi joue les trouble-fête et fait savoir d'un ton sec qu'il ne « trouve pas ça drôle ».

Mais ce soir, les militants se soucient de respectabilité comme d'une guigne. Ils ont beau savoir qu'il faut soigner les apparences, refréner leurs goûts pour le coup de poing, ils se sont trop amusés samedi dernier pour jouer les pudibonds. Dans le brouhaha, une voix propose un compromis malgré tout.

– Mais monsieur Rampal, il n'y a pas eu d'incidents et, s'il y en a eu, c'est la faute à la préfecture.

C'est exactement le contenu des déclarations de Le Pen au *Méridional* : le préfet, pour une manifestation de cette ampleur, aurait dû prévoir un déploiement policier plus important.

– Il ne s'est rien passé, rien du tout, enchaîne une autre voix, et, de toute façon, c'est bien fait pour leur gueule aux blessés.

Une semaine plus tard, quand la fédération publiera son petit bulletin mensuel d'information, la version officielle des événements du 4 avril oubliera même de mentionner les deux victimes :

« Ce qui a frappé les observateurs dans cette manifestation, c'est sa tenue, sa dignité – quelle différence avec les troupeaux de braillards vulgaires et bêlants qui sont sur la Canebière habituellement. A part un minime petit incident au niveau du cours Belsunce, où un groupe de quelques dizaines d'immigrés manipulés par la Licra ou le MRAP ont voulu lancer des insultes aux Français qui défilaient chez eux, mais ceci ne dura que quelques secondes, la DPS du Front national les ramena rapidement à la raison. »

Pour l'heure, on continue de s'échauffer au bar en attendant que les députés soient prêts pour le débat. Ils semblent crouler sous le monceau de questions qui leur arrivent écrites sur des bouts de papier. Ronald Perdomo se lève enfin et d'un ton sec enjoint à chacun de quitter le comptoir et de s'asseoir. Il est pressé : dans deux heures, il doit prendre un train pour Paris :

– Allons, du calme, démontrons que nous sommes un parti d'ordre.

Au bout d'une demi-heure, Pascal Arrighi peut enfin prendre la parole devant une assistance calmée et me surprend en choisissant de répondre en premier à ma question, pourtant bien banale. Exaspérée par le triomphalisme ambiant, j'ai voulu en sonder l'ampleur et demandé si, à l'avenir, « nous » pourrions faire mieux que le 4 avril.

Il relit la question à voix haute, réfléchit, puis d'un

ton peu convaincu rappelle que personne n'a jamais fait mieux depuis des dizaines d'années. La salle, par son silence, manifeste qu'elle attend un peu plus de flatterie. Le député hésite encore, se résigne à dire ce qu'on attend de lui, et bafouillant un peu :

– Pouvons-nous faire mieux... peut-être pas... mais pourquoi pas ?

Un concert d'ovations salue ce « pourquoi pas », passe outre la réserve. Je réalise alors l'incongruité de ma question : les lepénistes doutent si peu de l'avenir qu'ils s'en moquent. Seul importe ce présent euphorisant. On se délecte d'avoir enfin trouvé un parti qui autorise à hurler dans la rue ce qu'il fallait hier penser tout bas. Le Front libère, on lui sait gré de cette libération. Et celle-ci est tellement jouissive qu'on ne peut imaginer que les autres Français s'entêtent encore longtemps à se refuser un tel plaisir.

Les députés se relaient maintenant pour évaluer les chances de leur dirigeant à la présidentielle de 1988. Si quatre candidats se présentent à droite – Barre, Léotard, Chirac et Le Pen (à l'époque, l'hypothèse est encore crédible) –, il faudra pour passer au second tour engranger au minimum 14 % des suffrages. Attentif, le public procède avec les élus à un savant calcul mental et jongle avec les pourcentages des sondages :

– Or on nous crédite déjà de 14 % et il nous reste un an avant la présidentielle... Croyez-moi, reprend Arrighi maintenant plus sûr de lui, le RPR et l'UDF vont connaître une situation tout à fait nouvelle et se retrouver en position de choisir.

Au milieu d'une nouvelle rafale d'applaudissements, ma voisine, Mme Riquet, me saisit le bras et, approuvant énergiquement du chef, me donne l'exemple de « son couillon de mari », qui ne veut pas de Le Pen pour président mais votera malgré tout pour lui au premier tour.

– Moi je laisse dire, comme ça, s'ils font tous la même chose, eh ben, Le Pen on l'aura au second tour.

A la tribune, Gabriel Domenech enfonce le clou en brodant sur un thème cher aux responsables du Front national : les Français qui n'aiment pas Le Pen sont simplement mal informés. Les médias donnent de lui une mauvaise image mais la force de Le Pen c'est de savoir s'adresser directement à la nation. La tournée des meetings a déjà commencé à Lyon, à Paris, à Marseille, elle va se poursuivre toute l'année et, partout, ce sera la même déferlante. Partout, on pourra voir la France se presser autour de lui, les journalistes en auront le bec cloué :

– On l'a déjà vu à Lyon, à Paris et chez nous. Si la presse a noté le succès de ces manifestations, a même remarqué la présence des jeunes dans nos rangs, croyez-moi, c'est que nous ne nous vantons pas, autrement elle n'aurait pas manqué de filmer les chaises vides...

Autour de moi on applaudit encore. Ils ont la puissance du nombre, la force de la jeunesse, l'avenir leur appartient... Ce soir rien ne saurait les ébranler, les meilleurs contradicteurs du Front national n'auraient pas raison de cette incroyable certitude de vaincre qui possède l'assemblée.

Je réussis à m'enfuir quelques minutes dans un songe où le FN n'existe plus, n'a même jamais existé. La voix de Perdomo vient soudain percuter mes douillettes divagations. Le député martèle son propos d'un doigt vindicatif, pointé vers un invisible ennemi.

– Je vous le dis, s'il existait un procureur dans cette

ville, nous n'aurions pas besoin de porter plainte. Radio Galère devrait être interdite et son autorisation d'émettre supprimée. On ne peut pas tolérer que des gens appellent leurs auditeurs à la lutte armée.

Que se passe-t-il donc ? Voici que le bonheur sans nuage des minutes précédentes se pimente d'un soupçon de paranoïa collective. Mon voisin m'explique la situation.

– C'est une radio de gauchistes, ils veulent interdire à Le Pen de revenir à Marseille comme c'est prévu le 14 juin. Ils appellent les Arabes à faire des groupes armés.

Sa phrase réveille un brusque souvenir. Le lundi précédent, à la permanence, Roland a vaguement parlé d'une émission qu'il n'avait pas entendue mais que son voisin lui avait racontée. Depuis, les propos de cette station ont été colportés dans tout le quartier, modifiés au gré des fantasmes de chacun. Et maintenant, près de trois cents personnes sont prêtes à témoigner contre une radio dont, pour la plupart, elles ignoraient l'existence voici une heure. Je n'en reviens pas : les députés, se fondant eux aussi simplement sur la rumeur, disent qu'ils vont étudier les moyens de porter l'affaire en justice.

Tous mes voisins de table préconisent des solutions plus radicales : une bombe au siège de cette radio, et une bonne ratonnade, voilà ce qu'il faut faire. La guerre d'Algérie ne tarde pas à surgir. On évoque ses souvenirs.

– Non mais, je vous demande, pourquoi on y mettrait les formes alors qu'eux en Algérie ils égorgeaient nos femmes et nous coupaient les parties pour nous les fourrer dans la bouche ?

Une autre voix renchérit dans la même veine, rappelle la phrase historique gravée sur le tympan de tous les rapatriés :

– Eux, ils se gênaient pas pour nous dire : la valise ou le cercueil.

– C'est des lâches les Arabes, tonne un accent pied-noir. C'est malheureux à dire mais c'est vrai, si on s'arme, et c'est ce qu'on va faire, ils ne viendront pas ! Croyez-moi.

Encore un qui cherche à panser les blessures d'une guerre perdue en flétrissant le portrait de son ennemi. De son côté, Roussel, le dernier député, essaie en vain de capter l'attention de la salle. Sa cause est perdue, il ne lui reste qu'à s'effacer devant son collègue et rival, Arrighi, et évoquer le brillant avenir qui attend celui-ci :

– Souvenez-vous, Chirac n'aurait peut-être jamais été rappelé au poste de Premier ministre s'il n'avait été élu maire de Paris en 1977. Marseille, deuxième ville de France, peut de la même façon devenir un tremplin...

Il n'a pas le temps d'achever, la salle scande déjà le nom de son idole, « Arrighi à la mairie, Arrighi à la mairie », et, durant cinq longues minutes, l'honore d'un ban somptueux, en frappant des pieds et en battant des mains.

Cette fois, je suis contaminée par leur certitude, je me vois au soir de leur victoire, mes yeux brûlent. Une larme doit s'échapper qu'autour de moi on prend pour de l'émotion. Pour accentuer mon supposé bonheur, Roland, tout sourire, me souffle à l'oreille :

– Et faut pas croire, c'est même pas des adhérents tout ça, la majorité, là, c'est des sympathisants que je connais même pas.

Douloureuse vérité, l'effet d'onde du 4 avril se mesure ce soir au nombre et à l'enthousiasme de ces convives. Le Front national est avant tout un parti d'électeurs qui, le plus souvent, une fois sortis de l'isoloir n'osent pas s'avouer lepénistes. En temps normal, la honte d'être marginal les tenaille; ils ne fréquentent même pas les fêtes des sections de peur de se dévoiler. Mais le 4 avril les a décomplexés. Depuis une semaine, ils savent que le Front a acquis de nouveaux soutiens, ils en déduisent qu'il a gagné en honorabilité.

Les électeurs sortent de leur tanière et, dans la foulée, certains adhèrent. Un militant du centre ville m'annonce la bonne nouvelle : la section de la rue de Rome a enregistré vingt-cinq adhésions en cinq jours. Le 15ᵉ aussi connaît un frémissement. Plusieurs recrues qui n'avaient pas encore déchiré leur carte du RPR choisissent enfin leur camp. L'un d'eux, un vendeur de légumes désireux de manifester son ralliement définitif avec éclat a même offert des filets de courgettes pour la tombola de ce soir.

Je me rassure un peu en songeant que, d'ici un an, la majorité de ces petits nouveaux, imitant l'exemple des anciens, ne renouvelleront pas leur adhésion. A en croire le fichier du 15ᵉ en effet, l'adhérent type oublie de payer sa cotisation annuelle. Il n'est pas déçu, mais simplement négligent : avoir pris la carte une fois lui suffit pour se sentir affilié, solidaire.

Je me rassure encore : le Front national ne va pas gagner en énergie militante pour autant. Le fichier du 15ᵉ compte plus de cent quatre-vingts adhérents, dix seulement se dévouent pour assurer les permanences. Tous les lepénistes ne sont pas fanatisés au point de risquer de négliger leur famille et leur travail pour consacrer du temps à la politique.

Mais je dois boire ce soir la coupe jusqu'à la lie. C'est Georges, le tatoué rencontré au soir du 4 avril, qui me la tend sous la forme d'une flûte de champagne. Il veut fêter la décision qu'il vient de prendre : à partir de la semaine prochaine, il ne ratera plus une seule permanence... La venue de Le Pen nous aura donc aussi apporté un nouveau militant!

Autour de nous, la fête bat son plein. Sablez champagne, résonnez flonflons, une chenille endiablée entraîne une cinquantaine de personnes qui, rouges de sueur et de plaisir, reprennent en chœur le refrain d'un tube : « l'a touchée, l'a touchée, la chatte à la voisine ». A trois heures du matin, la sono déverse le même tube, la même chenille repasse devant moi. Cette fête ne finira donc jamais. Je prends mon sac et m'éclipse. Derrière moi, une bonne centaine de personnes ont décidé de noyer leur bonheur jusqu'au petit matin.

Le lundi suivant, la permanence est bondée, nombreux sont les fêtards qui veulent connaître le bilan financier de cette extraordinaire soirée. Dewaert a passé son dimanche la tête plongée dans les comptes, mais se perd encore dans ses additions. Bègue de nature, il accentue encore son défaut, histoire de faire mariner son auditoire, puis annonce enfin le résultat :

– Pu, putain si je me trompe pas, ça fait un million de bénef!

Même convertie en nouveaux francs, la somme est rondelette et suscite quelques sifflements admiratifs. Décidément cette soirée a été très réussie.

J'apprends d'ailleurs – c'est du moins ce que Sylvie me dit en aparté – que j'ai « raté quelque chose » :

– Oui, au petit matin, ils ont chanté des chants nazis. Ah ça y allait, tu peux me croire. Ils sont fous ces mecs, conclut-elle, une lueur malicieuse dans les yeux.

Je la regarde abasourdie et lui fais répéter plusieurs fois sa phrase comme si je n'avais pas compris. Je refuse d'imaginer que mes vieux aigris puissent aller jusque-là. Je dois rêver, elle a dû confondre, ils étaient ivres... Mais, même sous l'effet de l'alcool, comment peuvent-ils oser ? Je me cabre, essaie de me persuader qu'ils ne toléreraient pas pour autant un régime de cette barbarie. Durand, qui nous a entendues, apporte de l'eau au moulin de mes illusions.

– C'est pas des chants nazis, c'est des trucs qu'on chante à l'armée, parce qu'il se trouve que les chants militaires se font tous sur des mélodies allemandes. C'est tout. C'est comme au lycée militaire d'Aix, les journaux disent qu'ils seraient nazis là-dedans. Mais pas du tout, ils chantent comme tous les militaires, mais nous, on n'est pas des nazis.

Durand ne semble même pas s'être aperçu de son brusque passage du « ils » au « nous ». Dans sa tête, tout doit se mélanger. Sa fascination pour l'armée et, surtout, pour l'ordre, le conduit à révérer le régime allemand :

– Le régime allemand, mais pas nazi.

Sur le moment, j'accepte cette mise au point en trompe-l'œil, trop heureuse de m'en tenir là.

D'ailleurs, le chef d'une section de banlieue nous interrompt en surgissant au milieu du local. Il vient demander l'autorisation d'utiliser la petite ronéo que le 15e est seul à posséder dans les quartiers nord. Il a des tracts à tirer pour annoncer une fête qu'il organise. Au passage, il nous félicite pour le succès de la nôtre puis passe à un sujet plus brûlant : l'agitation des beurs, ou plus exactement la prétendue telle.

Déterminé à nous prouver que le feu de la rébellion couve, il nous montre un appel à « manifester contre le fascisme et le racisme » sur lequel Le Pen est dessiné sous les traits d'Hitler. Il continue, tout excité, en exhibant un tract glissé, dit-il, dans sa boîte aux lettres. On y voit la reproduction d'une affiche de la dernière guerre : un soldat des enfants plein les bras. Sous le dessin une seule phrase : « populations abandonnées, faites confiance au soldat allemand », qu'une main rageuse a complétée de « et à Le Pen ».

– Bah, on s'en fout, lâche quelqu'un, les nazis c'étaient des socialos, eh oui, on disait bien national-socialiste.

Roland, agacé par ce cri du cœur, fait savoir qu'il estime ce tract diffamatoire, ce qui suffoque immédiatement Dewaert :

– Toi, tu manques pas de culot, l'autre soir t'as chanté les chants nazis et tu trouves ça diffamatoire.

Je jette un coup d'œil à Durand qui, oubliant la subtile distinction qu'il vient d'établir entre nazi et allemand, assène :

– Dites mais ce tract, en plus, c'est contre l'Allemagne !

– Mais on s'en fout de l'Allemagne, c'est pourri maintenant l'Allemagne, reprend Roland un sourire presque sardonique aux lèvres.

Cette fois encore, je tente de me convaincre que je ne suis pas en proie à une hallucination.

Une voix suggère de détourner à nouveau le dessin du soldat allemand en y collant la tête de Georges Marchais. Histoire de rappeler au leader communiste son passage en Allemagne pendant la guerre, quand il était au STO, au service du travail obligatoire. Le militant de banlieue qui a soulevé le lièvre est heureux de cette ébauche de riposte :

– Oui, oui, et il faut dire aussi que les communistes, ils sont contre les Juifs : j'ai trouvé un tract contre Israël dans ma boîte aux lettres.

Décidément, dans sa banlieue, les militants du PC

ont dû déclarer la guerre des tracts. Mais ce n'est pas cela que Roland relève :

– Laisse donc les Juifs où ils sont.

Le banlieusard pâlit, se crispe; nerveusement, il réplique :

– Ben, ben moi, les Juifs je les accepte dans ma section.

Roland hausse les épaules, puis murmure que lui ne les acceptera jamais.

L'autre n'entend pas. Plus tard, j'apprendrai qu'il est juif d'Afrique du Nord. J'aurai alors découvert la présence de quelques Juifs dans les rangs du Front national, et de beaucoup d'antisémites.

IX

JEANNE D'ARC, DEMI-STAR

Nous roulons tranquillement en direction du centre ville où nous avons décidé d'aller boire un verre. Il est tard, aux alentours de 22 heures, les rues sont désertes. A l'avant de la voiture, Véronique et Julien ricanent en parlant. Ils voudraient rencontrer un Arabe, histoire de l'ennuyer un peu. Je me cale dans le fauteuil arrière, fatiguée. Ces délires-là, je n'y prête plus attention, je les ai trop souvent entendus.

Soudain, au loin, dans la rue grise de brume, Véronique aperçoit une ombre.

– Accélère, si ça se trouve c'en est un!

Julien obéit. A cinquante mètres, sur le trottoir de droite, un immigré. La voiture fonce encore, l'Arabe est dans la lumière des phares, j'entends leurs rires, je crie et sens un choc. C'est celui d'une embardée, Julien vient d'éviter sa cible de justesse et reprend sa route à petite vitesse, en gloussant de satisfaction. Véronique se retourne et voit mon état :

– Julien, faudra plus le faire avec Anne, regarde, elle a eu peur.

– Allons Anne, tu croyais pas que j'allais le faire quand même? me dit-il, en me jetant un coup d'œil dans le rétroviseur...

De la tête je réponds non, mécaniquement : quel sens faut-il donner à ce « faire » ? Mot caméléon qui, pour elle, signifie foncer dans la nuit, et, pour lui, tuer.

Derrière nous, la silhouette de l'homme, resté appuyé contre un mur, se rétrécit dans la nuit. J'ai été complice de leur violence. Personne ne va me demander de comptes, parce que je n'ai ni tué ni blessé. Demain peut-être, je serai complice d'un meurtre.

Depuis mon arrivée, je refuse d'y croire. Pourtant les articles de presse qui relatent les ratonnades disent tous que l'enfer commence dans la rigolade, comme ce soir. A quoi tient que l'immigré soit encore en vie ? A rien. Nous n'avions pas assez bu, nous n'étions pas assez excités pour vouloir nous acharner. Et puis non, Véronique n'est pas un assassin, Julien non plus, il l'a dit : il n'allait pas le faire. Et pourtant...

Peu à peu j'oublie, comme on oublie les crimes racistes racontés par la presse ; je me rassure, comme on se rassure en refermant le journal, se disant que l'horreur n'est pas un rendez-vous quotidien.

Je retourne à la section après quelques absences. Quand j'arrive, Véronique a oublié notre virée et s'inquiète de savoir si j'ai trouvé du travail. Tous les autres m'accueillent gentiment. Et la séance s'écoule normale. Personne ne parle plus de chants nazis et l'antisémitisme qui, quelque temps plus tôt, avait surgi dans ce local a réintégré les profondeurs souterraines des esprits.

L'effet d'onde du 4 avril persiste malgré tout. Des adhérents que je n'ai jamais vus passent épisodiquement. Certains renouvellent une cotisation qu'ils n'avaient pas payée depuis 1984. D'autres nous informent qu'ils ont astiqué leur carabine, le Front peut compter sur eux en cas de coup dur.

Les militants réguliers, de leur côté, sont saisis de frétillements. La certitude de remporter les prochaines municipales est tellement forte que chacun se prend, même les prétendus désintéressés, à rêver d'une place sur la liste des candidats. Roland se voit déjà maire d'arrondissement, mariant toutes les filles du quartier, Véronique, son plus ardent supporter, répète à l'envi qu'elle attendra donc 1989 pour trouver l'âme sœur. Durand, l'ancien légionnaire qui veut devenir notable, attise la vieille hostilité à l'égard des militants du 16e :

– Vous avez vu : ils manigancent déjà, ils font croire aux députés que leur section est plus grosse que la nôtre pour obtenir plus de places que nous sur les listes. Seulement, si ça marche leur combine, eh bien moi, je démissionne.

Seuls les gentils ont le droit de postuler à l'entrée de la municipalité et, puisque je fais partie des militants réguliers du quartier, je serai moi aussi sur la liste. Parole d'honneur : on me le promet, je ne serai pas bien placée mais j'y serai. Me voici comblée!

Les pré-municipales s'annoncent donc sanglantes, il va y avoir de la concurrence. Les élus actuels ont intérêt à montrer patte blanche s'ils veulent conserver leur siège. Les militants désormais ne pardonneront plus les faux pas. Ils commencent d'ailleurs : quand je passe à la boucherie d'Albert, je le trouve allant et venant à grandes enjambées derrière son comptoir. Il profite de l'absence de clients pour laisser libre cours à sa colère :

– Qu'est-ce qu'ils vont dire les gens? Ah là là, pour quoi je vais passer moi maintenant? Ah, si j'avais su, j'aurais rien demandé...

Et de continuer de se lamenter. Il s'était pris de sollicitude pour une dame qui s'occupe d'enfants handicapés. Elle avait besoin d'argent, il a pensé que le Front pourrait l'aider et l'a aiguillée sur un élu qui, après lui avoir promis un soutien, l'a oubliée. Albert est tellement malheureux qu'il veut démissionner.

Le soir, à la permanence, Roland lui remonte le moral en deux mots. Il commence à avoir l'habitude de ces coups de déprime qui se multiplient malgré la prospérité du Front. En cinq mois, c'est la cinquième tentative de démission au sein de la section du 15ᵉ. A chaque fois, les mêmes raisons sont invoquées : le militant est déçu et découvre que son parti est comme les autres, un repaire de requins, de profiteurs qui se soucient peu de leur base.

Roland trouve toujours les mots justes. Il a un talent inné pour découvrir où chacun loge sa fierté. Il explique à Albert que le parti compte sur lui et fait de grandes phrases sur le sens des responsabilités. Pour d'autres, il se serait contenté d'une répartie cinglante :

– Y a que les faibles qui démissionnent.

Aucun doute : c'est un excellent chef de section. Pourtant, lui aussi a ses rancœurs. Il n'a pas pardonné au conseiller d'arrondissement du 15ᵉ d'avoir boudé la dernière fête :

– Celui-là de toute façon, il ne vient jamais nous voir ! On va lui écrire. Comme ça, il verra que s'il nous traite comme des anonymes, eh bé, nous, on lui collera plus ses affiches.

Tout le monde l'approuve. Ce conseiller, avant son élection, était un copain, un ami qui n'était pas si fier. En trente secondes, je me retrouve assise devant la machine à écrire, entourée de visages furibards :

– Alors, je la dicte cette lettre ? demande Roland.

– Oui, oui, répond l'assistance en chœur.

– Bon, alors vas-y Anne : « Monsieur, vous avez une

fois de plus brillé par votre absence, lors de la soirée que notre section a organisée »...

Il marque une pause, les autres en profitent pour suggérer leurs idées, cherchent leurs mots, se coupent la parole. Un véritable charivari dans lequel plus personne ne se retrouve.

– Bon, tu formules ça comme tu veux, hein ? coupe Roland. C'est ton métier à toi, t'es secrétaire.

Comme je refuse, ils reprennent leurs conciliabules, cherchent à attaquer le conseiller « au maximum ».

– Faut dire, tonne Dewaert, que Le Pen a dit que c'est les élus qui sont au service des sections et pas le contraire.

Je tape. Décidément, Le Pen a la démagogie dans le sang. Debout à côté de moi, Georges, le tatoué, qui, comme il l'avait promis, ne rate plus une seule permanence, s'insurge :

– Quoi ? Il a eu besoin de dire ça Le Pen. Eh bé, moi je dis : tous ceux qui veulent faire le petit monsieur, on va les aider à coups de P38 dans la bouche. Comme ça, ils l'auront leur photo dans le journal...

La nouvelle recrue de la section n'est pas tendre. Mais Georges s'explique : dans les règlements de comptes, il ne faut pas laisser de traces, or les écrits restent. Et puis, à chacun ses armes, et ce n'est pas au maniement du stylo qu'il se sent le plus fort. Roland essaie de le rassurer : si le courrier ne suffit pas, ils iront « cogner » ensemble. La lettre terminée, Durand suggère d'en envoyer copie à la fédération. C'est comme à l'armée, précise-t-il, il faut tenir les supérieurs hiérarchiques informés de nos actes. Je colle l'enveloppe, excédée. Si au moins ces dissensions pouvaient nuire au développement du Front... Mais, d'ici peu, le conseiller aujourd'hui accusé, trop soucieux de son avenir aura fait amende honorable en payant une tournée à la section. La querelle sera oubliée. L'envie commence à me démanger de les quitter.

A la fin d'avril, nous nous retrouvons à la rue, la propriétaire du local estime avoir suffisamment patienté. Les militants se replient en catastrophe sur un entrepôt voisin qu'il faut entièrement rénover. Roland, Takis et Georges y consacrent leurs soirées et leurs fins de semaine. On ne les croise plus autrement qu'exténués et blancs de plâtre. Les affaires et le matériel de la section ont été entassés dans des cartons de fortune et jetés en tas dans le garage de Takis. Inutile de chercher quoi que ce soit dans ce tas informe, coincé entre des sacs de ciment et des bacs d'huile de vidange. Du coup, la petite secrétaire que je suis se retrouve au chômage technique. En outre le nouveau local n'a rien d'engageant, il empeste la poussière et le renfermé, je risque à tout moment d'y recevoir un gravat sur la tête.

J'en profite pour prendre le large et rendre visite à d'autres sections.

Renouant avec mes premières amours, je retourne d'abord à la rue de Rome. André, l'homme à lunettes qui avait assisté à mon adhésion, me reconnaît aussitôt et m'accueille d'un large sourire : je tombe bien, le lendemain se tient une réunion de la plus haute importance. A la suite du 4 avril, des responsables de Paris ont constaté la quasi-inexistence du FNJ sur la ville et ont sommé les jeunes d'y remédier.

– Ça fait du bien au moral, hein de voir que la jeunesse s'y met aussi... Il vient juste d'achever sa phrase quand deux tout jeunes garçons entrent. Ils veulent adhérer. La taille de la manifestation les a impressionnés, ils souhaitent rejoindre le mouvement.

Pour ma part, je rentre me coucher en fredonnant la chanson de Jacques Brel sur « l'âge idiot qui est à tous les âges ».

Le lendemain, j'appelle mon chef, Sylvain, le responsable du FNJ 15e que je n'ai pas vu depuis février. Il n'est au courant de rien et me demande de passer le chercher chez lui. Il habite chez ses parents, tout en bas du village de Saint-Louis, une villa à l'ombre d'un dédale de ruelles aux pavés défoncés. L'endroit est vieux et rogné sur ses bords par des chantiers de rénovation. Aucun bus ne le dessert. Le soir, des travailleurs immigrés hantent les lieux de leurs ombres silencieuses. C'est à leur intention, pour qu'ils le voient bien quand ils reviennent du travail, que le père Caron a affiché un gros autocollant sur son portail : « Aimez-la ou quittez-la. »

Sylvain me reçoit l'air faussement soucieux. Son travail, me dit-il, l'absorbe totalement et l'empêche de passer à la permanence. Il a étoffé son affaire maintenant : en plus des consultations de voyance, il construit des thèmes astraux et soigne les gens à distance. Il est parapsychologue polyvalent en quelque sorte... A mon regard sceptique il se sent obligé d'ajouter :

– Mais tu n'y crois pas à tout ça, toi...

Renonçant à ma conversion, il me propose un café en attendant la fin du dessin animé qu'il était en train de regarder quand je suis arrivée. Je sirote en souhaitant que les jeunes du Front soient tous aussi rêveurs et distraits.

La réunion se tient rue de Rome. Un garçon de vingt-cinq ans, rondouillard et bonhomme, nous y accueille. Ses « santiags », son blouson de toile « Californie années cinquante », tout, chez ce Jean-Pierre, sent le rocker nostalgique. D'ailleurs, il nous révèle très vite qu'il a quelques-uns des premiers enregistrements d'Elvis! Il fait partie des quatre responsables tout récemment nommés pour restructurer le FNJ sur Marseille.

Sylvain, vexé que personne n'ait songé à le pressentir, s'interroge sur les critères de ces nominations :

– Parce que le FNJ, il existe peut-être pas sur Marseille, mais dans le 15e, il existait déjà.

Jean-Pierre réussit à dissiper ce nuage naissant, reconnaît que le FNJ était sur pied dans les quartiers nord mais sans avoir suffisamment d'autonomie par rapport au FN :

– Du coup les rivalités qui existent entre les sections du Front se répercutent sur les jeunes. Et ça, faut que ça cesse.

Quel programme! D'emblée, je doute de sa réussite, plus exactement je souhaite très fort son échec. Les autres jeunes entre-temps sont arrivés, moitié lyçéens, moitié travailleurs ou plutôt chômeurs. Les deux camps – les deux classes – ne se mélangent pas, installés de part et d'autre de la table.

Du côté des plus jeunes, les visages me surprennent. J'en ai pourtant déjà vu de semblables lors de certaines fêtes du FN : pâleur rêveuse des filles, maigreur romantique des garçons, images lisses de vies tranquilles. Où sont l'aigreur, l'amertume, la révolte qui d'ordinaire motivent l'adhésion au Front?

Certains laissent deviner qu'ils ont pris leur carte pour suivre l'exemple des parents. D'autres se rebellent contre un père « trop mou », gaulliste ou giscardien. Ceux-là sont très motivés, veulent faire mieux et plus que les vieux. Quant aux enfants de socialistes ou de communistes, personne ne se vante d'en être. Y en a-t-il seulement?

Les trois autres responsables, deux filles et un

garçon, arrivent en retard. Ils ont la vingtaine passée et semblent très bons amis. Seule l'une des filles, Éliane, travaille... dans l'entreprise de son père. Odile et Philippe sont au chômage. Tous trois sont gais comme des pinsons, se refusent à prendre la politique au sérieux. Philippe a rejoint le Front en espérant qu'Arrighi, Corse comme lui, lui trouverait un travail. En attendant, il réside chez sa mère et vit bien de petits trafics divers. Il a la passion de la vidéo et de la photo, collectionne des matériels coûteux.

Interrompant ces confidences, entre Bérard, le chef de cette section du FN. Puissance invitante, puisque nous nous réunissons dans ses locaux, il prend aussitôt l'affaire en main et nous demande de nous taire.

– Je crois que la première chose à faire est que vous vous présentiez, les demoiselles en premier.

Comme un général dans son QG à la veille d'une attaque capitale, il parle lentement en détachant chaque mot. A chaque syllabe, transpire son passé de parachutiste. Quand arrive le tour de Sylvain et que celui-ci annonce sa profession, la salle, incrédule, le dévisage; deux filles rient sous cape. Heureusement pour lui, le voyant ne s'aperçoit de rien.

Nous abordons la phase suivante des opérations : les nominations. Jean-Pierre qui, depuis le début de la réunion, en dépit de son souhait de préserver l'autonomie du FNJ, n'a pas encore pris la parole, se risque enfin à défier le chef et fait valoir que les structures du FNJ ne ressemblent pas à celles du FN.

Sans même tenir compte de l'interruption, le parachutiste saisit la liste des postes à pouvoir dans une section d'adultes et entreprend de répartir les responsabilités, en donnant une fois encore priorité aux « demoiselles ». Autour de la table, règne un silence intimidé. Les désignations tombent sur les têtes sans que les victimes osent riposter. Arrive mon tour, de justesse j'échappe à un nouveau titre en bafouillant que je « fais des trucs par ailleurs ». Bérard passe au suivant, je respire.

Le pensum se poursuit durant un bon quart d'heure, tant est longue la liste des titres à distribuer. A chaque fois, Bérard lit son papier, lève les yeux, jette un regard circulaire autour de la table et s'arrête toujours, comme par hasard, sur un visage de lycéen.

Le manège n'échappe pas aux autres qui commencent à maugréer. Le comble est atteint lorsqu'au moment de la récapitulation, Bérard déclare :

– Bien, il n'y a plus qu'à nommer un responsable qui chapeaute tout Marseille. Puis, sans plus de complexe, se tournant vers son fils, il lui demande :

– Toi, je crois que ça t'intéresse, hein ?

Bérard cependant ne semble pas agir consciemment. Il ne voit même pas le mini-bras d'honneur que lui fait un jeune homme tatoué et chauffeur-livreur de son métier. Pour lui, le fonctionnement interne du Front est un modèle de démocratie. Et si on l'accusait d'élitisme, candide il rétorquerait qu'il se contente de respecter les hiérarchies naturelles. D'ailleurs, quand les amis du chauffeur s'exclament :

– Mais, lui, il n'a rien et pourtant ça fait longtemps qu'il est au Front, Bérard réplique :

– Mais c'est pas le titre qui compte, hein ? Il aidera les autres !

La réunion se termine en silence. L'élaboration d'un plan de travail est remis à plus tard. Les pâleurs rêveuses, les maigreurs romantiques, les bras tatoués se dispersent sans se saluer.

Quinze jours plus tard, il ne reste pas même un souvenir de cette réunion. L'encre des nominations n'était pas sèche que déjà le FNJ avait éclaté en trois camps.

Sylvain est reparti se cloîtrer dans le 15e avec le vague projet, malgré tout, de fonder une association de chômeurs « ou quelque chose comme ça ». Jean-Pierre a laissé la rue de Rome au clan des Bérard et entraîné une petite troupe d'ouvriers à la section du Vieux-Port dont le chef Dédé Lambert est trop occupé avec son bar pour s'immiscer dans les affaires de la jeunesse. Jean-Pierre a donc quartier libre et a enrôlé sa cousine comme secrétaire. Comme Roland, il se complaît à dicter de très longs courriers. Quand je les vois tous les deux, je ne peux m'empêcher de penser que la bêtise n'attend pas le nombre des années : ma volonté de comprendre les lepénistes s'est beaucoup émoussée depuis que j'ai failli renverser un immigré avec Véronique.

Le 10 mai approche, et avec lui la fête de Jeanne d'Arc. Le Pen, pour l'occasion, appelle à un grand défilé dans la capitale. Il y a convié les Marseillais lors de sa venue le 4 avril. Ce sera le second coup d'envoi symbolique de sa campagne. Le premier a eu lieu fin avril, quand il a annoncé sa candidature à la présidence de la République en direct de La Trinité-sur-Mer, son village natal.

Convaincue que Jeanne d'Arc est une star susceptible de rameuter les foules nationalistes, je ne rate aucune des manifestations à sa mémoire. Début mai, *Le Méridional* annonce qu'une conférence sur la Pucelle doit se tenir dans les locaux du FN sur le Vieux-Port. Je m'y précipite... et me retrouve coincée entre une dizaine d'ergoteurs qui n'en finissent plus de comparer la vie de la sainte à celle de Jésus-Christ. Sans sourire le moins du monde, ils constatent que la jeune fille a été vendue aux Anglais pour la somme de

10 000 livres d'or alors que Jésus, lui, fut livré contre trente deniers, et y voient la preuve que l'inflation a toujours existé! Tout aussi sérieusement, le conférencier assène, au détour d'une phrase : « Les Juifs sont des agités, ce qui les porte à être des agitateurs, la preuve c'est qu'ils ont tué Dieu. » Je m'enfuis éberluée de constater que de telles absurdités puissent encore être entendues.

Un vieux monsieur me rattrape dans le couloir, m'annonce que je viens de rencontrer la chance de ma vie en assistant à une conférence du « Comité d'entente pour le réveil français », une association locale qui se veut laboratoire d'idées. Il m'explique que son organisation, lors de la prochaine présidentielle, n'appellera à voter ni pour Barre ni pour Chirac. Et quand je lui demande : « Pour qui alors? », il me répond, emphatique et mystérieux : « Pour la France »...

Le 8 mai, la fédération du Front appelle ses militants à se recueillir auprès de la statue de la Pucelle qui, indifférente aux affronts des pigeons, est plantée en haut de la Canebière. La cérémonie a été avancée de quarante-huit heures puisque, le jour de la fête, nous sommes tous censés être à Paris... Cette fois encore je commets un excès de zèle : nous sommes moins de 200 à répondre à l'appel.

Le lendemain soir, le 9 mai, je rejoins les militants qui, comme moi, ont réservé une place dans l'un des deux cars affrétés par la fédération.

Une soixantaine de personnes sont au rendez-vous, essentiellement des jeunes dont les inséparables Philippe, Odile et Éliane, rencontrés à la fondation du FNJ, ainsi que Félix et le pêcheur nostalgique Denis. Il y a aussi beaucoup d'habitants des quartiers nord séduits par la modicité du prix : 200 francs pour l'aller et le retour. Une demi-douzaine de Niçois nous accompagnent, leur ville n'ayant pas prévu de voyage organisé sur la capitale. Enfin un lepéniste parisien est de la partie... mais un faux qui, quelque temps plus tard, publiera un article dans le mensuel *Actuel*. Sur le moment, aussi fines mouches l'un que l'autre, nous ne nous repérons pas. Il n'est décidément pas difficile de jouer les xénophobes.

Nous partons vers 22 heures, en laissant une vingtaine de militants sur le pavé. Des deux cars réservés, un seul est finalement arrivé, avec deux heures de retard. L'un d'entre nous a eu le temps de décharger son agressivité sur un passant qui, dit-il, l'avait traité de raciste. S'en est suivie une cohue au cours de laquelle un passager a laissé tomber le revolver qu'il cachait dans un sac de supermarché. La nuit s'annonce longue et blanche. Aussitôt assis, Philippe décrète que « le car empeste le pied-noir ». Une heure durant Odile et Éliane, filles de rapatriés, essuient les plaisanteries qui fusent de tous côtés et ne se fâchent qu'une fois traitées « d'Arabes à peine améliorées ». Un tapage à faire pâlir de jalousie une colonie de vacances. Devant nous, un retraité de la police, habitant du 15e rouspète en vain. Quand je parviens à m'endormir, le charivari dure encore.

Au petit matin, à peine réveillés, mes compagnons se mettent à pousser des cris d'orfraie en apercevant, dans une rue du 15e arrondissement parisien, une épicerie tenue par un Maghrébin.

– Putain! les mecs, on a pas quitté les quartiers nord!

Arrivés place de la Concorde, d'où la manifestation doit partir vers 11 heures, personne n'ose s'éloigner du car. Félix, décidé à jouer les idiots, répète en contemplant la Concorde : « Ils charrient les Parisiens à dire que c'est plus grand que la place de la Plaine chez nous. » Les Marseillais que nous avons laissés la veille sur le trottoir arrivent à leur tour. Ils sont montés en voiture. Puis Denis, voyant débarquer les chanceux qui ont pu prendre l'avion, déclare : « Voilà les bourgeois. » Parmi eux, le timide Claude est difficile à reconnaître, dissimulé derrière ses Ray-ban foncées. Depuis qu'il a réussi son concours d'entrée dans la police, il n'ose pratiquement plus s'afficher en public et se cache derrière ses lunettes dès qu'il lui faut manifester :

– Tu comprends, si mes chefs me voient, ils pourraient me casser ma carrière.

Félix a beau le taquiner, lui dire qu'il ne risque rien, noyé dans la foule parisienne, il n'en démord pas et s'enfuit attendre le départ du défilé, bien à l'abri des regards, entre deux cars.

Le cortège se met enfin en mouvement. A l'entrée de la rue de Rivoli, des membres de la DPS aboient dans leur porte-voix et prétendent organiser le magma des manifestants :

– Stop! Alignez-vous les pieds sur les clous, par rangée de douze. C'est bon, allez-y. Espacez bien les rangées.

Dans mon groupe, l'ordre déplaît : Félix fait valoir qu'on ne lui a jamais parlé sur ce ton-là. On n'est pas à l'armée. Denis, toujours plus politique que les autres, constate que le FN s'étale comme « les communistes ».

– C'est en s'espaçant comme ça que l'autre jour, sur la Canebière, les gens de la CGT ont fait croire qu'ils étaient mille alors qu'il y avait trois pelés.

Et Denis se prend, une fois de plus, à rêver à ce grand mouvement national et populaire spontané et sans chef dont il parle souvent.

Le ton, en attendant, est donné : nous n'allons

cesser de geindre. Le cortège est trop mou, on marche trop lentement, si, seulement, il y avait des Arabes sur les trottoirs, on pourrait s'amuser! Après la manifestation, est prévu un banquet à l'héliport de Paris. Nous sommes toujours aussi bougons. Il fait trop chaud. Le plateau repas de 80 francs est à peine mangeable, la bande son, qui évoque la vie de Jeanne d'Arc, assomme celui-ci, agace celle-là.

Je finis par abandonner les Marseillais pour observer les 8 000 à 9 000 personnes rassemblées sous le chapiteau. A l'orchestre, accordéon et cuivres se relaient pour un pot-pourri de bourrée auvergnate, de berceuse chtimi, de sérénade corse, de vieux airs d'autrefois. Et, tour à tour, chaque province se reconnaît, applaudit à sa musique, trace d'une France profonde et rurale qui n'est plus. Par moments, à voir ces visages rougeauds et transpirants, ces braves gens endimanchés, ce vin qui coule à flots, je m'imagine, cinquante ans plus tôt, convive d'un banquet de la Troisième République.

Le Pen arrive enfin et l'assemblée, qui commençait à s'alanguir, se réveille; les Marseillais sont de meilleure humeur. Durant les deux heures de discours, la salle se métamorphose en houle, aux flux et reflux incessants : que la voix qu'ils chérissent les enthousiasme et ils se lèvent tous comme un seul homme, qu'elle les inquiète et ils se tassent sur leurs sièges. Les vagues d'applaudissements déferlent les unes après les autres, chaque fois un peu plus fortes. La dernière est un raz de marée.

Au sortir du meeting, les Marseillais retournent vers leur car, galvanisés, excités de bonheur, ne doutant plus de rien. L'un d'entre eux gifle une passante qui, voyant son insigne, l'a traité de « fasciste ». Les femmes retiennent les hommes qui veulent « casser la gueule à cette pouffiasse ». Le car démarre mais le chauffeur se perd dans Paris. A l'arrière, Félix, Denis, tous jubilent. Ils insultent les immigrés aperçus sur les trottoirs, grimacent comme des singes, exhibent les tranches de jambon prévues pour leur dîner au nez de tous les musulmans présumés. Le chauffeur s'y met aussi, le car fait une embardée, un immense éclat de rire l'approuve. Enfin nous trouvons l'autoroute.

Deux heures plus tard, alors que tous sont endormis, je me remémore la journée. Les cortèges de Creuse et du Calvados étaient plus importants que celui des Bouches-du-Rhône. « Le Pen a vraiment des militants partout », ont constaté les Marseillais, vexés de ne pas être les plus forts. Quant à Jeanne d'Arc, elle appartient certes au folklore lepéniste mais d'autres figures historiques plus récentes semblent avoir du poids : ce matin, des manifestants qui exhibaient des portraits du maréchal Pétain ont été largement applaudis... Ce souvenir en appelant un autre, je revois soudain les moments, difficiles, vécus une semaine auparavant.

X

SE MÉFIER DU JUIF

Je savais que le mois de mai, pour moi, ne serait pas joli... Mais je ne pensais pas qu'il serait aussi laid.

Le Pen a commencé sa campagne et son portrait s'affiche en grand sur tous les murs; on l'entend partout, sur les ondes, sur le petit écran. Le 6 mai, pour l'émission l'Heure de vérité dont il est l'invité, nous nous retrouvons à plusieurs devant le poste de télévision chez Roland, puis descendons fêter l'événement au bar de Dédé Lambert sur le Vieux-Port. Au comptoir, tout le monde se congratule : « comme il parle bien notre leader » et « comme ils feraient de beaux cadavres ces journalistes qui ne savent que le contredire ». Les militants n'en finissent pas de s'ébaudir. Cette idée de créer des « sidatoriums » est à leurs yeux un trait de génie. A coup sûr, Le Pen va rallier à lui les derniers électeurs réticents. Dans l'enthousiasme, un client de Lambert tonne d'un seul coup : « Même les Juifs, ils vont venir au Front avec ça. »

Il n'en faut pas plus pour déclencher les ricanements. Derrière son comptoir, après avoir tonitrué qu'il n'a rien contre les Juifs, Dédé Lambert ironise sur le nom de Pierre Weill, le spécialiste qui commente les sondages d'opinion toujours réalisés au cours de l'Heure de vérité.

Ces piteux sarcasmes, ce soir-là, ne me choquent même plus. Depuis le début du mois, depuis la fête de la Légion pour être précise, ma mémoire est encombrée de bien d'autres mots, de bien d'autres propos...

Chaque année, le 30 avril et le 1er mai, les légionnaires commémorent un épisode héroïque de la guerre du Mexique, la bataille de Camerone qui, en 1863, décima leurs rangs. C'est l'occasion d'une grande kermesse et, comme dit Jean-Pierre qui m'invite à y participer, une bonne façon de fuir les cortèges syndicaux du 1er mai.

J'accepte l'invitation : cette fête, dans le folklore local, semble occuper plus de place que celle de Jeanne d'Arc. Autour de moi on parle beaucoup. Si certains militants du 15e boudent le défilé parisien, parce qu'ils n'aiment pas Paris, en revanche, ils sont pour la plupart décidés à « honorer » la Légion.

Le soir du 30 avril, je monte donc au camp d'Aubagne, en compagnie de Jean-Pierre, de Félix et de Claude. Le camp est immense. Il nous faut errer longtemps entre les bâtiments des casernes, les buissons d'épineux taillés au carré, avant d'apercevoir une esplanade cernée de lampions. Les loupiotes des stands diffusent une lumière pâle à travers la rosée du soir et quelques légionnaires bâillent à l'ombre des tentes. La fête semble finie, nous allons rebrousser chemin quand nous apercevons un hangar d'où s'échappe une lumière plus crue.

Une forte odeur de bière nous saisit à l'entrée. La salle est presque vide; au premier rang, des chaises gisent en désordre, renversées. Plus loin, des femmes moroses sont assises devant des verres vides. Au fond, leurs légionnaires de maris pullulent le long de ce qui doit être un bar. Entre leurs jambes, des enfants jouent à cache-cache, leurs rires aigus résonnent comme des clochettes sur la rumeur ivre qui monte du comptoir.

Nous nous asseyons à une table encombrée de cadavres et restons longtemps silencieux, fascinés par les médailles, les plastrons qu'arborent les militaires autour de nous. Un groupe de légionnaires titubants finit par s'affaler à côté de nous. Une fois assis, cabrant le dos, ils se redressent, crispent leur nuque, une voix mâle donne le la et, soudain, des gosiers s'échappe un chant puissant et lugubre. Félix murmure aussitôt :

– Ce chant-là, je l'ai en cassette, c'est un chant de la Waffen SS.

La mélodie se poursuit, grave, virile; elle capte l'écoute et le regard. Autour des chanteurs, les visages se recueillent.

– Quand tu penses que, malgré ça, ils ont perdu la guerre, soupire Jean-Pierre. J'arrive pas à comprendre. Perdre une guerre avec des trucs aussi beaux.

La chorale s'est étoffée, elle nous englobe. Aux légionnaires rougeauds se joignent les silhouettes graciles de quelques élèves officiers. Fronts sérieux et gorges déployées répondent à la mesure d'une invisible main. Une mélodie s'achève, une autre recommence. La marche des Panzern succède à celle de l'Afrika Korps. Claude fredonne, puis Jean-Pierre se met à chanter aussi et, finalement, leurs voix se fondent et se perdent à l'unisson dans le souffle d'un chœur à l'honneur des SS.

Un long moment s'écoule pour moi, dans l'hébétude. La voix du serveur brise enfin ce pénible envoûtement. Il s'adresse à Jean-Pierre :

– Vous, vous étiez pas dans la Légion pour chanter comme ça ?

Les yeux encore mouillés, Jean-Pierre décline fièrement son identité militaire :

– Non, service militaire dans la régulière : 6e RPIMA.

– Bah, je vais vous dire, reprend le serveur nerveux, y a plus de Légion. Quand je vois les gars chanter ces chants-là affalés sur leur chaise, je dis que tout fout le camp. Quand je me suis engagé moi, ces chants-là, on les entonnait au garde-à-vous, monsieur !

Suit une litanie de plaintes d'où il ressort que le monde s'écroule, les femmes entrent dans la Légion, des officiers de la régulière y prennent le commandement. C'est le signe de la décadence. Le mot est lâché, Jean-Pierre le saisit au vol. Le rocker nostalgique a la propagande dans le sang :

– Je suis bien d'accord avec vous, si Le Pen était au pouvoir ça irait mieux !

– Je dis pas le contraire, reprend le légionnaire. Pour nettoyer le pays, ça serait bien quoique, vous savez, pour le purger de tous les Arabes, y aurait besoin que de quelques mercenaires, même en civil.

Et l'homme se met à imaginer ce que pourrait être un remake de Kolwezi sur Belsunce ou sur Barbès, à Paris.

– Justement, poursuit Jean-Pierre décidé à sonder le moral des troupes, vous qui êtes à l'armée, vous pouvez pas un peu sortir...

L'autre a compris au quart de tour, il termine la phrase dans un chuchotement complice :

– Quoi ? sortir des armes ?...

Un sourire énigmatique tombe en guise de réponse, il s'excuse, une autre tablée l'appelle.

Claude, en tortillant désespérément son unique

mèche de cheveux, fait savoir qu'il boude. Il l'a déjà dit cent fois : en public mieux vaut éviter ce genre de conversation, un peu trop subversive. Si on les entend, c'est sa carrière dans la police qui est en péril. Félix le raille, Jean-Pierre se moque de lui mais, finalement compatissants, ils se taisent et nous ne tardons pas à partir.

Le lendemain, quand j'arrive sur le camp vers 10 heures du matin, Félix et Jean-Pierre sont en contemplation devant un stand de bibelots. Mitraillettes miniatures, chopes de bières bavaroises, tirelires creusées dans des képis de céramique, côtoient des effigies stylisées de la Vierge d'Afrique. Félix semble apprécier le goût des légionnaires. A côté, Jean-Pierre étudie un panneau piqué des insignes de tous les régiments de la Légion. Seul manque celui du premier REP :

– Normal, me dit-il, il a été dissous au moment de la guerre d'Algérie. Et tu sais pourquoi ? Parce que ces gars-là ils avaient promis de garder l'Algérie française. Ils sont restés fidèles à leur parole. Le Pen il le rétablira quand il sera au pouvoir. Il en faisait partie, lui.

Jean-Pierre aimerait acheter un disque des chants de ce régiment, mais le vendeur, un sourire entendu à l'appui, l'informe que seules les éditions du Front national le distribuent.

Les stands sont encore déserts. Nous déambulons en silence, gagnés par un début d'ennui. Sous nos pas, de minuscules criquets jaillissent en gerbe de la broussaille déjà chaude. Soudain, le bruit sec d'une détonation donne un regain d'énergie à mes compagnons.

– Tiens, on n'a qu'à aller au stand de tir.

A cinquante mètres, sous une tente militaire, des cibles immobiles camouflées entre des plantes en pot attendent les balles à blanc des amateurs de gâchette. Jean-Pierre, en prenant sa place dans la longue file d'attente, se vante de toucher une allumette à vingt mètres. Puis, devant l'officier qui explique le maniement du fusil d'assaut, son œil s'allume.

– Des fusils comme ça pour libérer Marseille, ça serait bien hein ?

L'officier sourit, murmure que ce serait possible et même faisable, puis détourne les yeux : il n'est pas autorisé à poursuivre cet intéressant bavardage. Je les laisse s'engouffrer dans la touffeur de la tente. Des tirs saccadés brisent des intervalles de silence : ils jouent à Rambo perdu dans les maquis vietnamiens. Quand Jean-Pierre reparaît, il esquive le regard de l'officier : sur son blouson de toile claire, les traces noires laissées par l'éjection des cartouches prouvent qu'il n'a pas su tenir son fusil correctement.

Sous le hangar restaurant, nous retrouvons des copains : Claude, André et son épouse Paulette ainsi que Günter, le facétieux qui avait klaxonné à tout rompre le jour de la caravane publicitaire dans Marseille. Günter a accroché au revers de sa veste une demi-douzaine de breloques, des médailles acquises dans les colonies lorsqu'il était légionnaire. Son visage est rayonnant, il vient de retrouver un camarade de combat. Ils étaient ensemble à Dien Bien Phu. Et Günter se met à raconter en détail, la faim, la peur, l'ennemi. Tous l'écoutent, admiratifs, puis Jean-Pierre et Félix s'inquiètent :

– Allez, vous devez bien avoir de bons souvenirs quand même ?

– Ah voui, alors ! A Madagascar j'ai connu une noix de coco avec un pare-choc comme ça...

Et de bomber le torse pour indiquer une opulente poitrine. Il rit de plaisir : les « négresses », les « noix de coco », il n'aime pas en général, mais pour « la chose », elles sont « fortiches »...

Dans notre dos, les cuivres de l'orchestre se mettent à ronfler, un premier air de musette, un second de java puis des flonflons bavarois. Günter m'agrippe le bras, m'oblige à prendre celui de Claude et nous voilà partis dans un tangage cadencé à rendre jaloux les Munichois.

Après le café, la petite bande décide de prendre l'air. Dehors, le soleil nous assomme. Nous tenons un conciliabule alangui. Dommage qu'il n'y ait pas un recoin tranquille pour faire la sieste. Saisie d'une brusque inspiration, Paulette propose de fuir la chaleur au musée du camp.

Aspirés par la fraîcheur des salles, nous nous éparpillons devant les eaux-fortes et les photographies. Ce n'est pas très grand, nous ne pouvons pas nous perdre, mais Günter qui sait « ce qu'il y a à voir » rassemble la petite troupe. Il nous conduit d'abord admirer l'évolution de l'uniforme à travers l'histoire. Chacun s'é onne de la beauté des mannequins de cire...

– On dirait qu'ils sont vrais, dites...

Mais notre guide est pressé et tourne déjà les talons : ce n'est rien tout ça, c'est au premier qu'il faut voir, nous le suivons au trot.

Au premier étage, fusils d'assaut, mitraillettes et pistolets ouvragés reposent à l'abri des vitrines. Les hommes, les mains croisées dans le dos, comparent les avantages et les inconvénients de chaque arme. Ils s'échauffent, chacun veut avoir raison : ce fusil-là, un grain de sable suffit à l'enrayer, celui-ci était utilisé pendant la guerre d'Algérie. Paulette m'entraîne de reposoir en reposoir, éblouie :

– Eh tout est d'époque, dites donc...

Nous descendons au funérarium dont la demi-clarté nous rend graves. Le sol de marbre noir est si brillant que Paulette ose à peine le fouler. Vingt-neuf mille légionnaires sont morts depuis la fondation de la Légion. Devant les identités gravées des disparus, Günter se masse le front, perplexe : il n'a pas la mémoire des noms. Soudain, me saisissant par l'épaule, il pointe un doigt vers une date, le 7 juillet 1950; ce jour-là un de ses camarades est tombé. Sa moustache tremblote, il se détourne. Paulette expire longuement : tous ces jeunes morts pour rien! Elle a deux fils qui seraient en âge de faire la guerre si par malheur...

A petits pas, chargés d'histoire, nous rebroussons chemin. Dehors, le monument aux morts de la Légion apparaît somptueux au cœur d'une large esplanade. Paulette et André le connaissent, avant il était « là-bas », à Sidi-bel-Abbès. Leurs yeux s'embuent de nostalgie. Vingt-cinq ans qu'ils sont meurtris... Un long moment, l'émotion nous cloue au pied de cet immense globe sur lequel l'artiste a dessiné les contours de l'empire colonial. La France d'hier est là, figée à jamais dans le bronze, et nous, que nous ayons ou non été ballottés par cette histoire, revivons le temps écoulé depuis. Passé douloureux pour les plus vieux, mythique pour les plus jeunes. Ils ressassent, refusent le présent, l'avenir. Pétrifiés de nostalgie, ils ne semblent plus vouloir quitter cet endroit. Je m'éloigne avec le sentiment qu'ils se condamnent à n'être plus que les traces d'une France disparue.

Nous nous retrouvons attablés devant une bière tiède. Günter dégrafe ses médailles, les range mélancolique dans un sac en plastique et se met à boire pinte sur pinte. André cherche désespérément à croiser le regard de Jean-Pierre. On sent qu'il étouffe, soudain il se décide à quémander une goutte d'espoir :

– Dites-moi... sincèrement... est-ce qu'il y a une chance pour que ça change un jour ?

Il attend la réponse, tendu ; Jean-Pierre se redresse, respire à fond, conscient qu'on attend de lui un avis mesuré, pensé, puis lâche :

– Moi, en tout cas, je n'espère plus rien... parce que je crois qu'on ne se débarrassera des Arabes qu'avec les armes. Vous voulez mon avis, je vous le donne !

Paulette frémit, repense à ses fils : « C'est pas la guerre qu'on veut tout de même ? » André a sursauté, puis plissé le front de toutes ses forces. Impossible, Le Pen doit avoir d'autres ressources avant d'en arriver à cette extrémité. D'ailleurs n'a-t-il pas dit de patienter, d'attendre ?

– Mais attendre quoi ? s'exclame Jean-Pierre d'un ton désespéré. Nous ne les avons donc pas vus le 4 avril ces Arabes qui brandissaient sous notre nez leur carte d'identité française ? Que ferons-nous contre ceux-là ?

Les nerfs à vif, André se débat, cherche ce que Le Pen a dit à ce sujet, puis comprend brusquement que son jeune camarade attend de lui une surenchère dans la violence.

– Bon écoute-moi : je dis jamais ce que je pense parce que je crois qu'il faut être modéré dans ses propos pour ne pas faire peur aux gens. Mais, aujourd'hui, je vais te dire le fond de ma pensée. L'autre jour, y avait un feuilleton sur les Allemands et les Juifs...

Il s'interrompt. Je n'ai pas le temps de lui demander ce que les Juifs viennent faire dans cette conversation ; il a déjà repris :

– Eh bien, il m'a pris le coup de sang : ça fait

quarante ans qu'on rabâche la même chose. Mais qu'est-ce qu'on y peut nous ? On n'est pas responsables de ça, nous !

En même temps qu'il prononce ces mots, André semble lutter de toutes ses forces contre un sentiment de culpabilité envahissant, la tempête qui se livre sous son crâne ride la surface de son front.

Jean-Pierre veut l'apaiser. Il l'approuve : bien sûr que nous ne sommes pas responsables :

– D'ailleurs, moi, mon grand-père il est mort dans un camp, est-ce que j'en fais un plat ?

Paulette, André, tout le monde est médusé, puis c'est Paulette qui lâche, comme soulagée :

– Ah vous voyez...

– Oui, ajoute le garçon cette fois hilare, il est tombé d'un mirador !

Autour de lui, les regards, soudain glacés, s'interrogent : il plaisante, il ne veut tout de même pas nous faire croire que son grand-père était gardien de camp ? Sans chercher à dissiper notre doute, Jean-Pierre poursuit, l'air plus grave et sérieux :

– Je suis d'accord avec vous qu'à dire ce qu'on pense on fait peur aux gens. Et d'appuyer cette dernière phrase comme pour nous signaler qu'en l'occurrence c'est nous qui avons eu peur. Moi, poursuit-il, en étant au Front je défends mon pays, et vous aussi, et c'est pour cela qu'il ne faut pas se laisser traiter de raciste, fasciste ou nazi. Et quand on m'insulte, je dis : d'accord, je suis raciste mais pas pour une question de couleur ou de religion. Je suis raciste parce que je veux pas que mon pays, il disparaisse ! Avec ça, les gens on leur cloue le bec !

Sa tirade a impressionné tout le monde. Tous nous réfléchissons. Et j'ai brusquement la conviction qu'il nous a choqués volontairement pour mieux amener sa conclusion, comme s'il avait voulu accoucher nos esprits de toute la violence dont ils sont porteurs. Volontaire ou non, la méthode s'avère rapidement efficace : André me chuchote à l'oreille que le jeune homme a raison mais qu'il est trop pressé, le Front n'est pas encore assez puissant pour dire tout cela publiquement. Puis à voix haute :

– Je te passerai un bouquin, Jean-Pierre, ça s'appelle *Le Péril juif.* C'est un vieux livre d'avant 14-18, alors tu vois, ça prouve bien que ça n'a rien à voir avec le nazisme...

Voilà ce qu'André, une fois libéré de la crainte de choquer, ose exhumer : l'ouvrage de référence des antisémites français du début du siècle! Sur le moment je n'en crois pas mes oreilles. Et cependant, les jours qui suivent, je dois me rendre à l'évidence : les antisémites existent, je les rencontre, et pas seulement au Front. Toute socialiste qu'elle est ma logeuse se complaît à dire « Chirac, c'est forcément un Juif pour prendre nos sous comme il les prend ». Un matin très tôt, je l'ai même surprise quasiment en transe, proférant, les yeux levés au plafond, des malédictions contre « la race juive ». La voisine du dessus, qu'elle accuse d'être « près de son porte-monnaie » avait durant toute la nuit fait valser les meubles. Probablement une scène de ménage. Madame J. n'avait pas réussi à dormir, elle s'en vengeait à sa façon, assise dans la pénombre de l'aube, psalmodiant d'une voix monocorde :

– Sale juive, je te maudis pour l'éternité, toi et ta sale race.

Seulement, à l'inverse des militants du Front national, madame J. ne cherche pas à cacher son antisémitisme. Elle n'en est même pas consciente puisque personne ne le lui reproche. En revanche, les lepénistes, en butte aux accusations de fascisme voire de nazisme, s'escriment à démentir. Les arguments sont rarement recherchés. Une fois pourtant, l'un d'entre eux me surprend en m'expliquant que les ancêtres de Le Pen ne sont ni Hitler ni Mussolini mais des « Français comme Laval, Doriot, Déat, Pétain ». Et il conclut :

– Et eux, c'étaient pas des fascistes. Bon, ils ont perdu la guerre. On n'y peut rien! Ils l'auraient gagnée, on serait des héros, tandis que là...

A sa façon, il met les points sur les i : le Front national relève bien d'une tradition française et ce courant nationaliste reste marqué par l'épuration. Si les collaborateurs n'avaient pas été si puissamment dénoncés au sortir de la guerre, les André et autres culpabilisés emprunteraient aujourd'hui moins de détours pour libérer leur cœur.

Ces meurtrissures de la Libération, des individus comme Roland ou Jean-Pierre travaillent à les effacer. Leur nationalisme est épuré de tout complexe, ils le diffusent autour d'eux, cherchent à le communiquer aux autres. Ils aident les adhérents à préciser et compléter leur pensée politique, à la former en somme.

Moi aussi j'ai été formée, Roland s'y est appliqué. Il m'a distillé son enseignement, semaine après semaine, au fil de nos rencontres. Une méthode lente et progressive qu'il n'a pas inventée. Les grandes lignes en sont consignées dans une circulaire du Front national destinée aux délégués à la propagande. Dans un style parfois obscur, ce texte conseille de recourir au double langage : « Il faut, est-il écrit, tenir compte du substrat mental préexistant », puis « faire l'amalgame avec les idées forces du Front ». Plus loin, le rédacteur clarifie sa pensée : « Sur dix adhésions, deux ou trois seulement sont le fruit d'une décision réfléchie, les autres résultent d'un choc émotif quand l'adhérent a entendu une de nos idées. En dépit des origines diverses, il faut arriver à ce que chaque militant défende sans réserves toutes nos idées »; enfin, « à terme, les cadres devront, face à tel ou tel événement politique, réagir tous ensemble à la même heure, avec les mêmes arguments, par un simple réflexe conditionné. »

J'avais déjà lu cette circulaire quand Roland se piqua de me former. Ce n'est donc pas la lenteur de mon initiation qui m'a surprise mais son aboutissement...

La première fois qu'il me parla sérieusement, nous étions en voiture. Sentencieux il me demanda soudain :

– Qu'est-ce que c'est pour toi être nationaliste?

Je lui fournis la réponse qu'il devait attendre, la plupart des nouveaux adhérents ayant pour « substrat mental préexistant » une haine monolithique des Arabes :

– Ben, c'est ne pas aimer les étrangers.

– Tu te rends bien compte que c'est un peu léger!

Il m'apprit alors qu'il ne suffisait pas de vouloir « foutre les Arabes dehors ». Primo, il fallait aimer la patrie et la désirer forte en souhaitant qu'elle s'incarne dans un chef. Secundo, la République ne nous ayant rien apporté de bon, un roi au pouvoir serait l'idéal. Les gens n'étaient pas prêts pour la démocratie, c'était visible : ils ne traversaient jamais dans les clous et jetaient leurs papiers par terre. Cela dit, en attendant la royauté, un homme fort comme Le Pen pourrait assurer la transition.

Par la suite, il m'enseigna le respect des traditions, il

établit un subtil distinguo entre l'institution ecclésiastique et « ces pédés de curés qui sont tous de gauche ». Quand l'évêque intégriste, Monseigneur Lefebvre, vint dire une messe à Marseille, il me conseilla d'y aller. Il ne m'avait pas habituée à tant de ferveur chrétienne. Les militants de la section du 15e ne mettent les pieds à l'église que pour les baptêmes, les mariages et les obsèques. Il me donna même rendez-vous sur place, il irait lui aussi « parce que ce curé-là respectait l'alliance du sabre et du goupillon ». De fait, à la messe, l'évêque rejoignit l'autel en marchant sous un dais porté par deux soldats. Plusieurs militantes du Front priaient dans l'assistance tandis que des militants prêtaient main-forte au service d'ordre du saint homme.

A la sortie, sur le parvis, on me tendit un tract pour la révision du procès de Pétain et le rétablissement des valeurs incarnées par le Maréchal. Et sur un stand de livres, je vis un ouvrage intitulé « Dieu est-il antisémite ? » consacré à « l'infiltration judaïque dans l'Église conciliaire » où l'on annonçait, bizarrement, que Dieu prendrait bientôt « pitié du peuple juif ».

Quelques jours plus tard, Roland me fit savoir qu'il n'était pas, pour sa part, prêt à prendre pitié... Il m'avisa en effet : « Il faut se méfier du Juif, parce que le Juif n'a d'autre patrie que l'or. » Puis il fouilla d'un air mystérieux dans sa poche et en sortit un insigne nazi :

– Si t'en veux un, j'en ai encore, c'est 150 francs.

Ce fut sa dernière leçon, le bouquet final de ma formation. Avec Jean-Pierre, le chemin initiatique ne fut pas aussi long. Il s'aperçut vite que j'étais affranchie et, quand je lui parlai de l'insigne de Roland, il me rétorqua :

– Moi aussi j'ai quelque chose à te proposer, je

l'aurais pas fait si tu m'en avais pas parlé mais, là, je risque pas de te choquer.

Et il voulut m'offrir un autocollant rouge et noir sur lequel le dessin d'un rat à la moustache rieuse, vêtu de l'uniforme des SA, prétend donner des sections d'assaut d'Hitler une image sympathique.

Que de chemin j'avais parcouru depuis le jour de mon adhésion! En prenant leur carte, les nouveaux adhérents se doutent rarement qu'ils vont apprendre à banaliser le nazisme et parfois même la solution finale, à vivre au milieu de ces références putrides comme des poissons dans l'eau.

Les propagandistes zélés de ce type sont heureusement rares au Front. Mais ils se repèrent à leur chaleur, leur bonhomie. Ils exercent souvent une réelle fascination sur leur entourage. D'abord ils parlent bien et, en outre, ils en savent souvent plus long que le militant moyen. Leurs beaux discours bercent, leur savoir, leurs lectures, plus nombreuses que la moyenne, éblouissent. Ces militants-là ont également un goût plus réfléchi que les autres pour la violence. Pour Jean-Pierre et Roland, le Ku Klux Klan est un modèle d'organisation. Tous deux se vantent d'avoir la carte de ce mouvement américain. De même, si en public ils tiennent à démarquer le Front des groupuscules militarisés d'extrême droite, en privé, ils laissent entendre que les frontières ne sont pas nettes. Jean-Pierre a flirté avec l'un de ces groupes, le Parti national français, avant de conclure : « C'est un repaire d'infiltrés. » Quant à Roland, il était très ami avec le dirigeant de SOS-France tué en août 1986 à Toulon par la bombe qu'il s'apprêtait à déposer devant un local antiraciste.

Surtout, tous deux collectionnent les armes, plus que la moyenne. Le lendemain de l'Heure de vérité, j'arrive à l'improviste chez Jean-Pierre, je pousse sa porte toujours ouverte et je le vois rapidement faire disparaître quelque chose. J'éclate de rire :

– C'est ton fusil de chasse que tu veux me cacher!

Jean-Pierre rougit, offusqué :

– Quoi, un fusil de chasse? Ma carabine ml 30 mm!

Et de me montrer le fusil d'assaut américain qui servit pendant la guerre du Viêt-nam, une arme redoutable, démontable en un tour de main. Une seule vis à défaire et le fusil se camoufle dans un petit sac de sport.

– Une arme comme ça, tu te fais prendre avec, c'est cinq ans ferme.

Il range consciencieusement l'objet du délit dans le fond de son armoire à linge, entre une réserve de cartouches et deux – vraies – grenades.

– Attention, hein, tu dis pas que t'as vu ça ici, parce que des armes comme ça, c'est destiné à servir.

Cette fois, je dois invoquer un subit mal à l'estomac pour masquer mon malaise. Pourtant Roland m'a déjà proposé des armes de contrebande à 7 ou 8 000 francs; ses camarades du 15e connaissent ses trafics, mais ne s'en émeuvent guère. Et puis, de toute façon, tous les lepénistes que je côtoie régulièrement possèdent au moins un revolver, avec même, parfois, en sus une arme blanche. Cachés dans des sacs en plastique ou dans un recoin de voiture, ces petits objets nous ont souvent, durant les manifestations, accompagnés de leur présence discrète. Quant au permis de détention, corollaire légal de ce genre de possession, Albert, le boucher, résume bien le sentiment général :

– Ça sert à rien ce permis, ça ne vous donne même pas le droit de vous déplacer avec votre arme. Mais moi, tous les matins, quand je descends aux abattoirs chercher ma viande, je suis obligé de prendre mon revolver.

Tous ces mini-arsenaux ne m'empêchent pas de croire les militants qui affirment ne pas être violents. J'admets volontiers leur bonne foi. Albert, d'ailleurs, s'empourpre et perd contenance quand je lui signale qu'à se promener tout seul le matin avec une arme, il risque un jour de s'en servir. Confus, il me répond n'importe quoi :

– Que voulez-vous, si on attaque ma fille ou ma femme, je deviens fou, mais je suis pas un assassin.

Parfois, au cours d'une de ces conversations où les esprits chauffent à blanc, un militant se met à imaginer le passage à l'acte, il s'inquiète soudain de ce doigt qu'il vient de mettre dans un engrenage, il pense à tel ou tel qui tout en restant au Front s'est enrôlé à SOS-France ou dans un groupuscule militarisé, il lâche alors presque mécaniquement : « Quand même, faut pas exagérer. » Cette phrase revient souvent dans la bouche des femmes. Dans la chaleur de leur foyer, en face d'une tasse de café, il leur arrive d'exprimer ce que leur mari pense parfois tout bas. Elles disent alors avoir peur d'une guerre civile si Le Pen est élu. Elles voient déjà leurs époux débridés partir la nuit, l'arme au poing, en ratonnade. Elles imaginent les vengeances en retour. Du coup, elles ne souhaitent pas que Le Pen perde la présidentielle, de là à dire qu'elles espèrent qu'il gagne... Ce qu'elles voudraient seulement c'est qu'il récolte suffisamment de voix pour faire peur. A les entendre le Front n'inquiète pas encore. Quand inquiétera-t-il ? Quand estimeront-elles avoir suffisamment remué les vieux démons ? La question ne les effleure même pas. Et puis comme les hommes, il leur suffit de descendre dans la rue pour oublier ces réserves émises dans la tranquillité de leur salon.

– Le génie de Le Pen, m'a expliqué Jean-Pierre le jour où j'ai découvert sa carabine, c'est d'avoir choisi la voie des élections. En procédant calmement on fera mieux passer nos idées. Regarde : si tu tues un Arabe quand Le Pen il fait 0,5 %, t'as de suite le tollé, on te traite de raciste. Quand on est à 15 %, les gens déjà ils crient moins. Alors, il faut continuer et tu verras, à 30 %, les gens ils ne crieront plus. C'est pour ça que pour l'instant faut faire attention à ce que tu dis. Si tu lâches en public « le problème c'est les youtres » ou « les Arabes, il faut les tuer », tu te rattrapes aussitôt en disant que Le Pen, justement, il est trop mou, comme ça les gens ne peuvent pas faire l'amalgame avec le Front. Si tu veux apprendre à bien parler, je te conseille de suivre une université d'été du Front, parce que là on apprend à ne pas dire n'importe quoi.

Il me proposait de devenir une spécialiste du double discours comme lui, une propagandiste. Je n'ai rien répondu, pensant que j'avais suffisamment réveillé les vieux démons en me disant lepéniste. Et j'ai quitté Marseille le 23 mai 1987, tuant Anne, la chômeuse sans histoire. Mais je vis encore avec.

Lettre ouverte à Véronique, Denis, Alessandro et les autres...

Cette lettre n'est pas destinée à vous convaincre. D'abord, vous n'avez pas le temps de lire. Ensuite, dès l'instant où j'ai quitté les quartiers nord, je ne suis plus, à vos yeux, habilitée à parler. Enfin, ce n'est pas une lettre qui vous fera changer.

Je voulais juste vous dire que j'ai eu du mal à vous quitter, non que j'aie fini par admettre vos idées et vos méthodes. Vos obsessions, vos voitures qui foncent dans la nuit sur des silhouettes isolées, vos armes, vos haines m'ont toujours rendue malade. Je reviens chez moi, déterminée à les dénoncer.

Mais je reviens aussi pour parler de la misère d'où surgissent vos fantasmes, de cette terre aride que n'irrigue plus aucune solidarité, de ce désert où sévit le mirage lepéniste. Je ne vous persuaderai pas de faire demi-tour. Si seulement je pouvais forcer les sourds à entendre votre mal de vivre! Avant qu'il ne soit vraiment trop tard.

A Sarcelles-sous-Mistral, on courbe les épaules sous les barres de béton, l'horizon est bouché par le chômage. D'année en année, le champ des espoirs se rétrécit. La gauche au pouvoir pas plus que la droite n'a éclairci l'avenir. Sur le terrain, rares sont ceux qui parlent de serrer les coudes, de combattre ensemble. On se bat, on en bave, mais c'est chacun pour soi, quitte à piétiner le voisin. Même une socialiste, ancienne gréviste, prend pour cible aujourd'hui les Arabes et les Juifs. Cette logique du bouc émissaire n'a pas de fin : elle vous, elle nous broiera tous.

Je vous en veux de ne pas savoir résister aux marchands d'illusions du Front national. Je m'en veux aussi à moi-même de les avoir laissés s'installer. J'en veux à ceux qui leur ont laissé le champ libre, qui ne parlent plus que compétition et concurrence, qui ont renoncé à défendre pied à pied des valeurs humanistes d'égalité et de solidarité.

En arrivant au Front national, je pensais débarquer dans un repaire de barbouzes, un parti aux frontières bien définies. Il aurait mieux valu. Je me suis retrouvée au cœur d'un puissant courant xénophobe, un courant ancien, bien français, longtemps réduit à l'état de filet mais qui inonde aujourd'hui largement le pays.

C'est cette épidémie qui m'inquiète. « Tout le monde est pour Le Pen », dites-vous. De fait, peu de voix se lèvent pour vous contredire. On voit même à la télévision des hommes politiques très éloignés du Front national prendre un air mesuré pour dire qu'il y a un « problème d'immigration ». Dans ces conditions, si même des gens qui ont fait des études le disent... pourquoi ne pas rallier Le Pen, qui affirme ce que d'autres bredouillent ?

Les solutions des lepénistes ont un goût de rance. Ce n'est pas parce que le Front national n'a jamais été au pouvoir qu'il est neuf pour autant. Vous-mêmes, d'une certaine façon, le dites : Véronique s'attend à être trahie par Le Pen comme elle l'a été par les autres. Et Denis rêve que les « gens du peuple » s'unissent pour faire reculer le chômage. Le Front est une auberge espagnole, on y entre avec sa révolte à soi, sa rancœur, sa rage de vivre en HLM, de manquer d'argent et tant d'autres raisons d'agressivité rentrée. Chacun apporte sa haine sous le bras, puis, grappillant dans les autres plats, trouve à se mettre sous la dent d'autres haines, attisées par des militants chevronnés. Et le doigt est mis dans l'engrenage.

Au cours de ces mois passés avec vous, j'ai eu le temps de vous écouter. J'ai appris vos discours, et surtout les silences de vos discours. Certes, vous n'êtes pas des assassins, ni même pour la plupart des assassins en puissance. Dans le combat qui se livre, au creux de chacun de nous, entre la violence et l'interdit, c'est souvent le second qui l'emporte.

Mais pas toujours. Une nuit de la mi-juin 1987, six jeunes Niçois frappent à mort un Tunisien ouvrier boiseur. Un jour de la mi-août 1987, une dizaine de garçons âgés de quatorze à vingt-trois ans provoquent dans la petite ville de Châteauroux, une bataille rangée avec des Maghrébins. Fin août, trois chauffards de l'Oise passent à tabac un auto-stoppeur d'origine algérienne. Aucun des agresseurs n'a hésité à se dire raciste pour justifier son geste.

Amalgame, direz-vous, ces jeunes-là n'étaient pas du Front. Pourtant vous ne m'empêcherez pas de me remémorer la phrase de Jean-Pierre : « Quand le Front national fait 15 % des voix, il y a déjà moins de risque à tuer un Arabe, quand il fera 30 %, etc. » Ces mots ne me quittent plus. Je croyais le Front derrière moi. Je sais aujourd'hui qu'il n'est que l'esquif porté par une vague plus puissante, une mer de haine.

Le racisme est depuis trop longtemps une affaire banale. On s'y habitue. On se réjouit que la justice condamne les crimes racistes sans plus s'étonner qu'il y ait eu crime. Le Front profite de ce réveil des réflexes d'exclusion. On s'y habitue aussi. On se félicite qu'il enregistre « seulement » 12 à 15 % des suffrages dans les sondages; ou encore qu'il ne rassemble « que » quelques milliers de personnes sur les plages de l'été 1987. On s'habitue à tout.

En vous quittant, j'ai remercié chacun de vous pour sa sollicitude à l'égard d'Anne la chômeuse. J'ai partagé avec vous beaucoup de choses. Dans la grisaille des quartiers nord, votre amitié était bienvenue. Nous étions des braves gens qui s'aimaient, mais ajouterait Albert Cohen, Juif et Marseillais d'adoption, des « braves gens qui s'aiment de détester ensemble ».

J'ai songé à ceux d'entre vous qui se rassurent, estimant que le Front national n'a rien de dangereux « puisqu'il se soumet aux électeurs ». J'ai souhaité que leurs yeux se dessillent.

J'ai espéré, sans trop y croire. Mais ma dernière pensée a été pour cette petite vieille qui, fragile, est restée à contre-courant des manifestants du 4 avril en murmurant *Le Chant des partisans*.

POSTFACE

La politique du vide

24 avril 1988. Au soir du premier tour de l'élection présidentielle, je ne retiens qu'un résultat : 14,4 % pour Jean-Marie Le Pen. Comme bien d'autres, je suis sous le choc. Pourtant je ne devrais pas. Car ce chiffre, 14 %, un an auparavant, je l'avais entendu à maintes reprises parmi les militants marseillais du Front national. Ils y croyaient... Intérieurement, je haussais les épaules. Ce soir du 24 avril, je les courbe.

Il y a une année que j'ai mis fin à mon voyage d'infiltrée au Front, et huit mois se sont écoulés depuis la première édition de ce livre. Mais si je voulais oublier, tourner la page, changer d'air, la chronique des événements courants m'en empêcherait. Comment en est-on arrivé là ? Les souvenirs qui commençaient à s'estomper reviennent maintenant par bouffées.

Et d'abord, mon insistance, au cours de cette enquête, à ne pas croire, à refuser d'enregistrer ce qui me gênait. Dans mon carnet de bord, je me contraignais à inscrire des phrases, des attitudes que j'aurais préféré oublier. Je ne cessais de dédramatiser : « Ce n'est pas possible, ils ne sont pas tous comme cela, pas aussi violents ». Ou encore : « Ils ne savent pas ce qu'ils font, ils déchireront leur carte dès qu'ils le sauront ». Cette propension à la méthode Coué tournait parfois au ridicule : il suffisait qu'un militant ne présente pas, au premier abord, le supposé profil type des supporters de Le Pen, et je me prenais à rêver : « Et si c'était un infiltré comme moi ?... »

Le besoin de se rassurer, bien plus que le bon sens, est la chose la mieux partagée : ne répétons-nous pas que le Front national est un phénomène passager... depuis maintenant cinq ans ? En 1983, ses premiers résultats électoraux sont interprétés comme un sursaut, une flambée. L'année suivante, l'extrême-droite recueille 11 % aux Européennes, mais le scrutin – nous dit-on – est marginal, les Français n'ont pas ressenti le besoin de voter utile. Pour un peu, ces 11 % ne seraient que l'expression d'un petit coup de folie, une fantaisie. Quatre ans ont passé, de passager le phénomène est devenu... volatile. Entre la présidentielle et les législatives de 1988, deux millions d'électeurs lepénistes se sont reportés sur d'autres candidats.

Tout à la joie de ce premier reflux, nous jubilons. Oubliés les deux millions d'électeurs restants ! Déjà, nous les rayons de la future carte électorale. Cette fois, c'est sûr, la dynamique de succès de Le Pen est brisée, le Front va s'effondrer de lui-même !... Et, pour se rassurer définitivement, une subtile contorsion nous permet de voir l'horizon « ouvert » et dégagé : somme toute, le 24 avril, 86 % des électeurs n'ont pas choisi Le Pen. Au passage, nous oublions que cet « échec » du Front aura aussi été sa consécration, un événement sans précédent depuis 1945 : la reconnaissance de l'extrême-droite comme allié durable et partenaire respectable par les états-majors de droite.

L'optimisme confine au cynisme. Il est des problèmes que l'on répugne à regarder en face. On y répugne tant qu'au pire, on consent à leur jeter un coup d'œil à travers le prisme déformant de nos préjugés, au mieux, à leur apporter d'hypocrites solutions. Le Front national est de ceux-là. Il fascine ou fait peur, ce qui revient au même. Il évoque les heures les plus sombres de notre siècle, et pourtant nous refusons d'appeler le chat par son nom... Nous faisons valser les étiquettes, nous jouons à cache-cache avec les mots.

En 1983, le mouvement de Le Pen est perçu comme « poujadiste ». Or les faits nous donnent déjà tort. Dès cette époque, dans son électorat, des voix ouvrières et même rurales se mêlent à celles des petits artisans et commerçants. Le Front est à Paris, on l'aperçoit ensuite à Aulnay-sous-Bois, faubourg rouge de la capitale, puis à La Trinité-sur-Mer, village du Morbihan dont Le Pen est natif. Enfin, n'est-ce pas à Dreux, ville déshéritée de l'Eure, qu'il bat, cette année-là, son propre record en attirant 16,72 % des électeurs ?

Aujourd'hui, les lepénistes seraient des « protestataires ». Exprimant un malaise social profond, ils seraient les râleurs de cette fin de siècle. La thèse n'est ni tout à fait vraie, ni tout à fait fausse, et les personnages de ce livre la confirment et l'infirment à la fois. Ils se disent « contre », « contre tout », mais ils savent aussi ce qu'ils veulent : exclure cet autre qui les gêne, cet autre qui autrefois s'appelait d'abord « juif », qui aujourd'hui se nomme d'abord « arabe ».

Poujadiste, protestataire, électeurs paumés, brebis égarées, les mots rassurent, les mots endorment. Un seul réveille et fait sursauter, le seul qui ose nommer ce à quoi chacun pense confusément : « fascisme ». Cette étiquette-là, les lepénistes la rejettent avec vigueur. Certains argumentent en se vantant de leur passé de résistants. D'autres s'appuient sur des études d'historiens. Qu'on leur explique que le fascisme proprement dit n'a jamais existé en France, et ils s'exclament : « C'est bien la preuve que nous n'en sommes pas, puisque nous sommes Français! » Les sympathisants de Le Pen ne sont pas les seuls à ergoter, d'autres les rejoignent qui y ont intérêt, dans leurs troubles jeux d'alliance.

Certes, le Front n'est la réplique ni des ligues antiparlementaires d'avant guerre, ni des fasci, ni des sections d'assaut...; tout au plus présente-t-il un air de famille. Mais on pourra énumérer les différences, les ressemblances, cette bataille de définitions autour du Front national n'en gardera pas moins l'aspect d'un pas de deux : refuser le mot fasciste revient souvent à tolérer Le Pen, à le « comprendre » et l'accepter. A l'inverse, l'utiliser ne signifie pas forcément qu'on le combatte vraiment.

L'étiquette a en effet cette particularité de susciter autant de clarté que de confusion. On pense au maréchal Pétain, à Hitler, à Mussolini, on y pense pour mieux se convaincre que Le Pen n'a le profil ni putschiste ni totalitaire. La démocratie, cette fois, ne sera pas renversée. L'histoire, n'est-ce pas, ne peut se répéter... Dans la foulée, d'ailleurs, est entonné un couplet à la gloire du progrès et de la modernisation de la vie politique. Le glas aurait sonné pour les totalitarismes de tous bords. Les clivages idéologiques seraient en voie de disparition, et le Front ne serait que le dernier sursaut d'une France archaïque, rétive au changement, qui finira bien par consentir à mourir.

Ces détours dans le temps ressemblent fort à des manœuvres dilatoires. On se soucie de demain, on s'en inquiète pour se rassurer aussitôt, mais, en attendant, le sablier continue d'égrener le présent, inéluctablement. Pendant que nous bavardons, pesons et soupesons les risques de son arrivée au pouvoir, le Front national se démène, colle ses affiches : « Trois millions de chômeurs = trois millions d'immigrés ». Dans les cafés, les rues, les foyers, à l'habituel « Je ne suis pas raciste, mais... » a succédé « Je suis raciste, et alors ? » Les interdits sautent, la chasse à l'étranger a déjà commencé, physique, réelle, meurtrière. Nous frissonnons pour demain, mais le racisme au quotidien tue, aujourd'hui.

Personne ne veut se reconnaître dans cette image que les lepénistes nous renvoient. Chacun rejette sur l'autre la responsabilité de son apparition dans le miroir. Et, dans cette foire d'empoigne, où l'emportent les faux débats, les idées fausses parce qu'en partie vraies, l'essentiel est sacrifié sur l'autel de l'esquive.

Les medias – miroir s'il en est – ont naturellement été les premiers sous la ligne de feu. Accusés de donner une tribune à Le Pen, ils se justifièrent : sauf à changer de rôle, ils ne pouvaient taire ce qui existait. Après l'entrée à l'Assemblée en 1986, grâce au scrutin proportionnel, de trente-quatre députés du Front national, les socialistes adoptèrent la même ligne de défense. La démocratie exigeait la transparence de la société ; et si celle-ci n'était pas belle, la droite en était seule fautive ! L'accord passé à Dreux, dès 1983, en dépit des appels de Simone Veil, entre le RPR et le FN marquait, seul, le commencement de la fin.

Caricaturales dans la sphère politicienne, les querelles n'en sont pas moins passionnées dès qu'on la quitte. Il n'aurait pas fallu laisser pousser ces ghettos de béton, ces banlieues où fleurit aujourd'hui la désespérance. Il n'aurait pas fallu laisser s'effilocher le tissu associatif, ces réseaux de convivialité qui, naguère, irriguaient la vie des quartiers. Si la droite avait su rester populaire, si le gaullisme n'avait pas sombré dans la technocratie, son électorat ne se serait pas précipité dans les bras du camelot Le Pen. Si la gauche ne s'était pas convertie au réalisme économique, Billancourt ne serait pas désespéré. Si les communistes n'avaient pas déboussolé leur électorat par des virages à 180°, les protestataires ne se réfugieraient ni au Front ni dans l'abstention.

Enfin, le grand coupable, ce serait le chômage. Il nourrit l'angoisse, exaspère les individualismes, mine les syndicats, les associations, tous ces lieux où pourrait être pratiquée une solidarité radicalement opposée à la logique d'exclusion. Et cette crise aurait une complice, la modernisation précipitée de notre société. Le passage rapide d'une France rurale à une France urbaine a bouleversé les modèles culturels, religieux, familiaux. Les Français désarçonnés n'aspirent qu'à une remise en ordre d'un monde chamboulé.

Tout cela, on a raison de le dire mais, en le disant, qu'a-t-on dit ? On peut, des années durant, énoncer ces belles vérités empreintes d'un apaisant fatalisme, les personnages de ce livre n'en ont cure. Ils continueront de se ruer dans les bras de ce leader qui avive leurs blessures avant de leur offrir la haine pour salut. Ici, l'exclusion tient lieu d'unique programme. C'est la faiblesse du Front, croit-on; lui, sait que c'est sa force. Avant guerre, tandis que les intellectuels antifascistes épluchaient les incohérences de *Mein Kampf*, un dirigeant nazi écrivait : « La nation allemande est une colonne en marche, et peu importe vers quelle destination et pour quelle fin cette colonne est en marche! »

Le Front national avance en versant du sel sur les plaies qu'il débusque. Le Pen le dit, le martèle : le monde de demain ne sera pas meilleur. « C'est le déclin, la décadence ». Oublions, détruisons le présent et le futur, rêvons ensemble à un « avant » mythique, à cet âge d'or perdu que chacun imagine au gré de ses plus secrets désirs. C'est un monde sans immigrés, c'est un monde, surtout, sans l'autre qui dérange et perturbe, un monde entre soi. Et ce repli, loin d'être frileux, est l'offensive même. Le Front national nous rétrécit et nous envahit à la fois.

L'horreur des conflits est peut-être le trait de caractère qui m'a le plus frappé, chez les lepénistes. Paradoxal ? Non. Ils souhaitaient ardemment une société consensuelle, où « tout le monde serait pour Le Pen ». En attendant, ils militaient en secret, jouissant d'être entre eux, agressifs pour autrui, et aspirant à ce jour où ils sortiraient en pleine lumière pour découvrir un monde totalement acquis à leurs idées.

Quand Laurent Fabius estime que Le Pen pose les bonnes questions en y apportant de fausses réponses, quand Charles Pasqua déclare partager les mêmes valeurs que le Front national, quand les candidats de l'URC se retirent pour ceux du FN, leur geste dépasse de loin le simple compromis électoral. Ils consentent à une vision du monde, ils acquiescent à un désir.

Le Front national serait-il en train de contaminer l'ensemble de la société, en passe de subjuguer ses adversaires ? Ce serait lui faire beaucoup d'honneur ! Et si sa force était inversement proportionnelle à notre faiblesse ? Et s'il profitait de nos multiples renoncements, des vides que nous ne nous sommes pas souciés de combler ? Nous ne cessons de répondre à Le Pen, comme si nous avions perdu tout terrain sur lequel nous puissions être autonomes.

Le 1er mai 1988, le Front national convie ses troupes à défiler dans les rues en l'honneur à la fois du travail et de la Pucelle. Le traditionnel défilé des syndicats se métamorphose aussitôt en manifestation antifascite. Entre les rangs des syndiqués, une jeune femme chevauche un destrier et porte haut une banderole : « Non, Le Pen, Jeanne d'Arc n'est pas à toi ». Quelques jours plus tard, le socialiste Jean-Pierre Chevènement réaffirmait une idée qui lui est chère : « C'est une grave erreur d'avoir abandonné à Le Pen le drapeau tricolore ». Il faudrait « redonner à la France le sens de son destin ». Querelle d'épiciers autour de symboles, dans un jeu de miroirs renversés où deux nationalismes s'affrontent. Que l'un soit républicain et l'autre pas suffit-il, aujourd'hui, à faire la différence ?

La guerre des valeurs ne date pas de 1983. Tombés voici longtemps, l'universalisme et l'internationalisme semblent des idées inconnues, à la mémoire desquelles nulle flamme n'est entretenue. Dans les années soixante-dix, l'école dite de la Nouvelle Droite leur opposa l'idéologie de la différence. Le racisme identitaire vint renouveler un racisme biologique frappé d'infamie. C'est à cette source-là que les admirateurs de Le Pen puisent encore, quand ils disent : « On n'a rien contre les Arabes, il ne faut pas se mélanger, c'est tout... »

En 1974, les frontières ont été fermées aux non-Européens, avec l'aval des partis communiste et socialiste. Alors que les nationalistes veillaient à la cohérence de leur idéologie, la gauche, face à la montée de la crise, a paré au plus pressé. Elle a assumé, une fois de plus dans son histoire, une contradiction qui la handicape aujourd'hui. Et ce n'est pas le discours de Cancun, tout généreux qu'il fût, qui aura brisé cette logique du chacun chez soi.

Le terrain d'en face étant déserté, un nationalisme français, longtemps marqué par l'opprobre, a pu alors ressurgir. Aujourd'hui le pétainisme est moins honteux. De loin en loin, des leaders politiques reprennent, sous une forme à peine travestie, la trilogie de l'époque : « Travail, famille, patrie ». Les nostalgiques de la France coloniale sortent de leur tanière. Lors d'un meeting de campagne, à Paris, en avril 88, un immense portrait de Raoul Salan était accroché derrière la tribune de Le Pen. Les tenants de l'Algérie française tentent une revanche sur leur guerre perdue.

Pour toutes ces raisons, depuis mon retour de Marseille, je n'ai jamais pu dire : « J'ai quitté le Front national ». Loin d'être une excroissance incongrue, dont il suffirait d'arracher les racines pour s'en débarrasser, ce mouvement n'est que l'expression la plus nue, la plus crue de l'ensemble de nos choix, de notre présent. Quel que soit le mot choisi pour les qualifier, les lepénistes ne sont ni des protestataires, ni des fascistes. Ils resteront dans l'histoire comme *nos* protestataires, *nos* fascistes!

Paris, le 13 juin 1988.

Composition Société Nouvelle Firmin-Didot
Impression Brodard et Taupin
à La Flèche (Sarthe),
le 2 septembre 1988.
Dépôt légal : septembre 1988.
Numéro d'imprimeur : 1060A-5.
ISBN 2-07-032498-2 / Imprimé en France.
44262